SHORT STORIES in KOREAN

for Intermediate Learners

Read for pleasure at your level
and learn Korean the fun way!

OLLY RICHARDS

Series Editor
Rebecca Moeller

Development Editor
Hyojin An

First published in Great Britain in 2020 by John Murray Learning,
an imprint of John Murray Press, a division of Hodder & Stoughton.
An Hachette UK company.

A CIP catalogue record for this title is available from the British Library.

Paperback ISBN: 978 1 529 30305 6
Ebook ISBN: 978 1 529 30306 3

25 24 23 22 21 20   1 2 3 4 5 6 7 8 9 10

Cover image © Paul Thurlby
Illustrations by D'Avila Illustration Agency / Stephen Johnson
Typeset by Integra Software Services Pvt. Ltd., Pondicherry, India
Printed and bound in the United States of America by LSC Communications

John Murray Learning policy is to use papers that are natural, renewable and recyclable
products and made from wood grown in sustainable forests. The logging and manufacturing
processes are expected to conform to the environmental regulations of the country of origin.

Carmelite House
50 Victoria Embankment
London EC4Y 0DZ
www.johnmurraypress.co.uk

Contents

About the Author v

Introduction vii

How to Read Effectively ix

How to Read in Korean xiii

The Six-Step Reading Process xvii

미친 비빔밥 2

아주 특이한 여행 30

기사 56

시계 82

나무 상자 106

새로운 땅 132

투명 인간 지유 158

캡슐 182

Answer Key 208

Korean–English Glossary 209

Acknowledgements 220

Don't forget the audio!

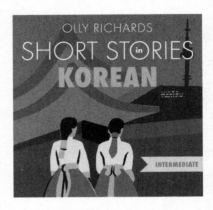

Listening to the story read aloud is a great way to improve your pronunciation and overall comprehension. So, don't forget – download it today!

The audio that accompanies this course is available to purchase from readers.teachyourself.com and to download to the accompanying app.

Use **audio50** at readers.teachyourself.com/redeem for 50% off any purchase.

About the Author

Olly Richards, author of the *Teach Yourself Foreign Language Graded Readers* series, speaks eight languages and is the man behind the popular language learning blog *I Will Teach You a Language*.

Olly started learning his first foreign language at age 19 when he bought a one-way ticket to Paris. With no exposure to languages growing up, and no special talent to speak of, Olly had to figure out how to learn a foreign language from scratch.

Fifteen years later, Olly holds a master's in TESOL from Aston University as well as Cambridge CELTA and Delta. He has also now studied several languages and become an expert in language learning techniques. He collaborates with organizations such as the Open University and the European Commission, and is a regular speaker at international language events and in-person workshops.

Olly started the *I Will Teach You a Language* blog in 2013 to document his latest language learning experiments. His useful language learning tips have transformed the blog into one of the most popular language learning resources on the web. Olly has always advocated that reading is one of the best ways to improve your language skills and he has now applied his expertise to create the *Teach Yourself Foreign Language Graded Reader*s series. He hopes that *Short Stories in Korean for Intermediate Learners* will help you in your language studies!

For more information about Olly and his blog, go to www.iwillteachyoualanguage.com.

For more information about other readers in this series, go to readers.teachyourself.com.

Introduction

Reading in a foreign language is one of the most effective ways for you to improve language skills and expand vocabulary. However, it can sometimes be difficult to find engaging reading materials at an appropriate level that will provide a feeling of achievement and a sense of progress. Most books and articles written for native speakers are too difficult for language learners to understand. They often have very high-level vocabulary and may be so lengthy that you feel overwhelmed and give up. If these problems sound familiar, then this book is for you!

Short Stories in Korean for Intermediate Learners is a collection of eight unconventional and entertaining short stories that are especially designed to help intermediate-level Korean learners* improve their language skills. These short stories offer something of interest for everyone and have been designed to create a supportive reading environment by including:

➤ **Rich linguistic content in different genres** to keep you entertained and expose you to a variety of word forms.

* Common European Framework of Reference (CEFR) levels B1–B2.

- ➤ **Interesting illustrations** to introduce the story content and help you better understand what happens.
- ➤ **Shorter stories broken into chapters** to give you the satisfaction of finishing the stories and progressing quickly.
- ➤ **Texts written especially at your level** so they are more easily comprehended and not overwhelming.
- ➤ **Special learning aids** to help support your understanding including:
  - ✦ *Summaries* to give you regular overviews of plot progression.
  - ✦ *Vocabulary lists* to help you understand unfamiliar words more easily.
  - ✦ *Comprehension questions* to test your understanding of key events and to encourage you to read in more detail.

So whether you want to expand your vocabulary, improve your comprehension, or simply read for fun, this book is the biggest step forward you will take in your studies this year. *Short Stories in Korean for Intermediate Learners* will give you all the support you need, so sit back, relax and let your imagination run wild as you are transported to a magical world of adventure, mystery and intrigue – in Korean!

How to Read Effectively

Reading is a complex skill. In our first languages, we employ a variety of micro-skills to help us read. For example, we might skim a particular passage in order to understand the general idea, or gist. Or we might scan through multiple pages of a train timetable looking for a particular time or place. While these micro-skills are second nature when reading in our first languages, when it comes to reading in a foreign language, research suggests that we often abandon most of these reading skills. In a foreign language, we usually start at the beginning of a text and try to understand every single word. Inevitably, we come across unknown or difficult words and quickly get frustrated with our lack of understanding.

One of the main benefits of reading in a foreign language is that you gain exposure to large amounts of words and expressions used naturally. This kind of reading for pleasure in order to learn a language is generally known as 'extensive reading'. It is very different from reading a textbook in which dialogues or texts are meant to be read in detail with the aim of understanding every word. That kind of reading to reach specific learning aims or do tasks is referred to as 'intensive reading'. To put it another way, the intensive reading in textbooks usually helps you with grammar rules and specific vocabulary, whereas reading stories extensively helps show you natural language in use.

While you may have started your language learning journey using only textbooks, *Short Stories in Korean for Intermediate Learners* will now provide you with opportunities to learn more about natural Korean language in use. Here are a few suggestions to keep in mind when reading the stories in this book in order to learn the most from them:

➤ **Enjoyment and a sense of achievement when reading is vitally important.** Enjoying what you read keeps you coming back for more. The best way to enjoy reading stories and feel a sense of achievement is by reading each story from beginning to end. Consequently, reaching the end of a story is the most important thing. It is actually more important than understanding every word in it!

➤ **The more you read, the more you learn.** By reading longer texts for enjoyment, you will quickly build up an understanding of how Korean works. But remember: in order to take full advantage of the benefits of extensive reading, you have to actually read a large enough volume in the first place. Reading a couple of pages here and there may teach you a few new words, but it won't be enough to make a real impact on the overall level of your Korean.

➤ **You must accept that you won't understand everything you read in a story.** This is probably the most important point of all! Always remember that it is completely normal that you do not understand all the words or sentences. It doesn't mean that your language level is flawed or that you are not doing well. It means that you're engaged in the process of learning. So, what should you do when you don't understand a word? Here are a few steps:

1. Look at the word and see if it is familiar in any way. Take a guess – you might surprise yourself!
2. Re-read the sentence that contains the unknown word several times. Use the context of that sentence, and the rest of the story, to try to guess what the unknown word might mean.
3. Think about whether or not the word might be a different form of a word you know. For example, you might encounter a verb that you know, but it has been inflected in a different or unfamiliar way:

    가요.
    갔어요.
    가 버렸어요.

You may not be familiar with the particular form used, but ask yourself: *Can I still understand the gist of what's going on?* Usually, if you have managed to recognize the main verb, that is enough. Instead of getting frustrated, simply notice how the verb is being used, and carry on reading. Recognizing different forms of words will come intuitively over time.

4. Make a note of the unknown word in a notebook and check the meaning later. You can review these words over time to make them part of your active vocabulary. If you simply must know the meaning of a word in bold print, you can look it up in the vocabulary list at the end of the chapter, in the glossary at the back of this book or use a dictionary. However, this should be your last resort.

These suggestions are designed to train you to handle reading in Korean independently and without help. The more you can develop this skill, the better you'll be able to read. Remember: learning to be comfortable with the ambiguity you may encounter while reading a foreign language is the most powerful skill that will help you become an independent and resilient learner of Korean!

How to Read in Korean

Reading Korean is like breaking down toy blocks one by one. You will see that the houses – the sentences – consist of toy blocks – clauses. The toy blocks can then be further broken down into smaller pieces – phrases – which are blocks of words. Identifying these blocks are the key to understanding Korean sentences. As you advance to the intermediate level, sentences you encounter are longer and more complex. However, if you understand the Korean sentence structure and know how to break sentences down into smaller pieces, it will not be as challenging as you think.

1. Verbs come at the end of the sentence. In English, the subject is followed by a verb, and the verb is usually followed by an object. In Korean, an object follows the subject, and the verb comes at the end of the sentence. Unlike English, if you need any extra information such as time and place, the extra information comes before the verb. Depending on where the emphasis of the sentence is, the extra information can come before the subject or after the subject.

   저는 피자를 먹어요. **I eat** pizza.

The object, 피자, comes right after the subject, 저, which is a humble way to refer oneself, meaning 'I', and the object is followed by the verb in Korean. In the English sentence, the verb 'eat' follows the subject 'I'.

저는 **저녁에** 피자를 먹어요. I eat pizza **in the evening**.

Here, an extra piece of information is added to the sentence to specify when I eat pizza. It comes after the subject in the Korean sentence, and after the verb in the English sentence. In Korean, you can move it to after the object, which puts a little bit more emphasis on the fact that it is the evening when I eat pizza.

2. Different grammar patterns are attached to the verb. Once you spot the verb, look at what kind of grammar pattern is attached to the verb. Identifying what the verb is and which grammar pattern is attached will help you get the gist of the sentence. Remember that more than one grammar pattern can be added to one verb.

Some grammar patterns link two clauses or modify a noun. This means that there can be more than one verb in a sentence. When you see more than one verb in a sentence, break it down into clauses or phrases, which each have a verb, then identify the relationship between the two clauses and/or phrases.

3. Sometimes a grammatical element can be omitted, if it is clear from the context. In English, to make a full sentence, at least one subject and one verb is necessary, and sometimes an object depending on the verb. However, if it is clear from the context, you can omit one of the elements or more to avoid repetition. If you don't see one of these elements of a sentence, reread previous sentences to find it.

4. Identifying different particles will help you understand complex sentences. Most of the time in English, it is the position of a word that tells us its grammatical relationship. In Korean, there are case markers, or 'particles', to mark the case of the word in a sentence. Locating different markers in a sentence will help you break down the sentence into phrases and clauses, and identify the role of each of them in the sentence. This is especially useful when the phrase, including the marker, is longer than what you are used to. For example:

저는 수박을 좋아해요. I like watermelons.

Here, it's nice and simple. The object of the sentence is only one word – 수박 which comes with the object marker '을'.

However, there are also sentences like this:

저는 더운 여름날에 먹는 수박을 좋아해요. I like watermelons that I eat on hot summer days.

Here the object is the whole noun phrase – 더운 여름날에 먹는 수박 which is also marked with '을'. Now that you understand that the whole phrase is the object of the sentence, you can break down the phrase further. There's another marker, '-에', which is for time. It is a post-position meaning 'at', 'in' or 'on' coming after the noun but without a space between them in Korean.

Sometimes, especially when you read stories, you will not know all the words. However, by locating these markers, you can break down the sentences, and still understand the gist of the story.

The Six-Step Reading Process

In order to get the most from reading *Short Stories in Korean for Intermediate Learners*, it will be best for you to follow this simple six-step reading process for each chapter of the stories:

① Look at the illustration and read the chapter title. Think about what the story might be about. Then read the chapter all the way through. Your aim is simply to reach the end of the chapter. Therefore, *do not stop to look up words and do not worry if there are things you do not understand.* Simply try to follow the plot.

② When you reach the end of the chapter, read the short summary of the plot to see if you have understood what has happened. If you find this difficult, do not worry. You will improve with each chapter.

③ Go back and read the *same* chapter again. If you like, you can focus more on story details than before, but otherwise simply read it through one more time.

④ When you reach the end of the chapter for the second time, read the summary again and review the vocabulary list. If you are unsure about the meanings of any words in the vocabulary list, scan through the text to find them in the story and examine them in context. This will help you better understand the words.

⑤ Next, work through the comprehension questions to check your understanding of key events in the story. If you do not get them all correct, do not worry: simply answering the questions will help you better understand the story.

⑥ At this point, you should have some understanding of the main events of the chapter. If not, you may wish to re-read the chapter a few times using the vocabulary list to check unknown words and phrases until you feel confident. Once you are ready and confident that you understand what has happened – whether it's after one reading of the chapter or several – move on to the next chapter and continue enjoying the story at your own pace, just as you would any other book.

Only once you have completed a story in its entirety should you consider going back and studying the story language in more depth if you wish. Or, instead of worrying about understanding everything, take time to focus on all that you *have* understood and congratulate yourself for all that you have done so far. Remember: the biggest benefits you will derive from this book will come from reading story after story through from beginning to end. If you can do that, you will be on your way to reading effectively in Korean!

미친 비빔밥

제1장 – 준비

'오빠, 나 여기에 있어!' 줄리아가 다니엘을 불렀어요.
줄리아는 방문 앞에 있었어요.
　'왜, 줄리아?' 제가 대답했어요.
　'오늘 우리 한국에 가잖아. 기억해?'
　'물론이야. 지금 짐을 싸고 있어!' 제가 **소리쳤어요**.

　제 이름은 다니엘이에요. 저는 24 살이에요. 줄리아는
제 여동생이에요. 줄리아는 23 살이에요. 우리는
대학생이에요. 런던에서 같이 살아요. 저희 아버지
이름은 아서예요. 그리고 어머니 이름은 사라 벨이에요.
　줄리아와 저는 여행을 준비하고 있어요. 우리는 한국
서울에 갈 거예요. 우리는 대학교에서 한국어를 공부하고
있어요. 한국어를 이미 잘하지만 더 공부하고 싶어요.
이번 **학기**에 한국에 **교환 학생**으로 갈 거예요.

　저는 키가 커요. 182 cm **정도**예요. 머리는 조금 길고
갈색이에요. 눈은 초록색이에요. 입이 조금 커요. 그리고
몸집이 좋아요. 테니스를 해서 다리가 **튼튼해요**. 저는
농구도 잘해요.
　동생 줄리아의 머리도 갈색이에요. 줄리아의 머리는 제
머리보다 더 길어요. 줄리아의 눈은 초록색이 아니에요.
줄리아의 눈 색깔은 아빠와 똑같아요. 갈색이에요. 저는
엄마와 눈 색깔이 똑같아요.

저희 부모님은 모두 일을 하세요. 아빠는 **전기 기술자**세요. 큰 전기 회사에서 일하세요. 엄마는 **작가**세요. 그리고 **회사도 운영하세요**. 엄마 회사에서는 **공상 과학 소설**을 출판해요.

우리 부모님은 정말 훌륭하세요. 우리가 꿈을 이룰 수 있도록 항상 도와주세요. 부모님도 한국어를 잘하세요. 그래서 줄리아와 제가 한국어를 연습할 때 자주 도와주세요. 부모님께서는 우리가 교환 학생으로 한국에 가는 것을 **격려해** 주셨어요. 그리고 오늘 줄리아와 저는 한국에 가요.

아빠가 제 방에 들어오셨어요. 제가 아직 옷을 안 갈아입고 있어서 아빠는 저를 보고 놀라셨어요. '다니엘! 왜 옷을 갈아입지 않았어?' 아빠가 물으셨어요.

'옷이요? 저, 조금 전에 일어났어요. 5분 전에 샤워를 했어요. 아직 몸도 **마르지** 않았어요!'

'**얼른** 해! 시간이 많이 없어. 줄리아와 너를 공항에 **데려다 주고** 출근도 해야 돼! 줄리아는 어디에 있어?'

'방에 있어요.'

아빠는 줄리아의 방에 들어가셨어요. 아빠는 줄리아와 이야기하고 싶어하셨어요. 줄리아가 아빠를 봤어요. '아, 아빠. 뭐 필요하세요?' 줄리아가 아빠에게 물어봤어요.

'아니, 필요한 거 없어. 오빠는 옷을 갈아입고 있어. 자, 여기.' 아빠가 줄리아에게 돈을 주셨어요. '오빠와 같이 써.'

줄리아는 놀랐어요. '아빠! 돈이 정말 많은데요!'

'엄마와 아빠가 준비했어. 오빠와 네가 한국에 갈 때 도와주고 싶었어.'

'고마워요, 아빠!' 줄리아가 말했어요. '큰 도움이 될 거예요. 오빠에게 말할게요!'

줄리아가 방에서 나올 때 저와 **부딪힐** 뻔했어요. 줄리아와 아빠는 제가 줄리아의 방에 들어오는지 몰랐어요. 아빠가 저를 보셨어요. '아, 다니엘, 왔어?' 아빠가 말씀하셨어요. '옷도 갈아입었어? 좋아!'

아빠가 돈을 **가리키셨어요**. '줄리아와 너한테 주는 돈이야. 한국 생활에 도움이 됐으면 좋겠어.'

'고마워요, 아빠. 정말 큰 도움이 될 거예요.' 제가 대답했어요. 줄리아도 **미소를 지었어요**.

'이제 우리 모두 준비 해야 돼.' 아빠가 말씀하셨어요. '이제 공항에 가야 돼. 얼른!'

아침을 먹고 집에서 나왔어요. 엄마의 차를 타고 공항에 갔어요. 줄리아는 **긴장돼** 보였어요.

'줄리아, 괜찮아?' 엄마가 말씀하셨어요

'정말 긴장이 돼요.' 줄리아가 대답했어요.

'왜?'

'한국에 아는 사람이 없잖아요.'

'걱정하지 마,' 엄마가 대답하셨어요. '서울에는 좋은 사람들이 많아. 특히 다니엘의 친구 정우는 정말 좋은 사람이야.'

'알아요. 엄마. 그래도 긴장이 돼요… 무슨 일이 있으면 **어떡해요?**'

'다 괜찮을 거야.' 아빠가 말씀하셨어요.

공항에는 사람들이 많이 있었어요. 출장을 가는 사람들이 많았어요. 여행을 가는 사람들도 있었어요. 저는 줄리아에게 물었어요. '이제 괜찮아?'

'응, 오빠. 지금은 괜찮아.'

'재미있을 거야. 정우는 정말 좋은 친구야. 교환 학생들을 많이 도와줘.'

부모님이 우리를 따뜻하게 **안아** 주셨어요. 그리고 부모님이 저희에게 손을 흔드셨어요. 우리도 부모님에게 손을 흔들었어요. '사랑해!' 부모님이 우리에게 말씀하셨어요. 그게 우리가 마지막으로 들은 말이었어요. 한 시간 뒤 비행기가 출발했어요. 우리는 서울로 출발했어요!

제1장 복습

줄거리

다니엘과 줄리아는 부모님과 함께 런던에서 살아요. 두 사람은 대학에서 한국어를 공부해요. 그리고 오늘 한국에 교환 학생으로 가요. 부모님이 공항에 데려다 주셨어요. 차 안에서 줄리아는 정말 긴장이 됐어요. 그렇지만 공항에서는 괜찮았어요. 줄리아와 다니엘은 한국으로 떠났어요.

어휘

소리치다 to shout, to yell, to call out

학기 semester, school term

교환 학생 exchange student

-정도 (used after nouns) approximately, around, about

몸집이 좋다 to be of a strong build

튼튼하다 to be strong, to be sturdy

전기 기술자 electrician

전기 회사 electric company

작가 writer, author

회사를 운영하다 to manage a company, to run a business

공상 과학 소설 science-fiction novel

출판하다 to publish

격려하다 to encourage

마르다 to dry (up); (past tense) to be dry

얼른 quickly, promptly

데려다 주다 to take someone somewhere, to walk/drive (someone) to (location)

부딪히다 to bump into/against (someone/something)

가리키다 to point (at something/someone); to indicate

미소를 짓다 to smile

긴장되다 to feel nervous

어떡해요? What should I do? What should we do?

안다 to give someone a hug, to cuddle

이해도 평가

각 질문에 한 개의 답을 고르세요.

1) 다니엘과 줄리아는 ____ 살아요.
   a. 런던에서 같은 집에서
   b. 런던에서 다른 집에서 따로
   c. 서울에서 같은 집에서
   d. 서울에서 다른 집에서 따로

2) 다니엘과 줄리아의 부모님은 ____.
   a. 한국어를 하지만 다니엘과 줄리아와는 한국어를 연습하지 않아요
   b. 한국어를 하고 다니엘과 줄리아와 한국어를 연습해요
   c. 한국어를 못 해요
   d. 런던에서 살지 않아요

3) 다니엘과 줄리아의 아버지는 두 사람에게 여행 선물을 주었어요. 무엇이에요?
   a. 자동차
   b. 공항에 가는 택시비
   c. 공상 과학 책
   d. 돈

4) 공항에 가는 동안, 줄리아는 ____.
   a. 슬펐어요
   b. 행복했어요
   c. 긴장됐어요
   d. 무서웠어요

5) 공항에는 ____.
   a. 다니엘의 친구들이 많았어요
   b. 출장 가는 사람들이 많았어요
   c. 사람들이 많지 않았어요
   d. 어린이들이 많았어요

제2장 – 한국

비행기가 서울에 도착했어요. 제 친구 정우가 공항에서 저와 줄리아를 기다리고 있었어요. '다니엘, 안녕!' 정우가 말했어요. 정우가 저를 안아 줬어요. '두 사람이 와서 정말 기뻐!'

'안녕, 정우야! 다시 만나서 반가워!' 제가 대답했어요.

정우가 동생 줄리아를 봤어요. 제가 소개했어요. '정우야, 내 동생 줄리아야.'

정우는 줄리아의 양쪽 **뺨**에 **뽀뽀를 했어요**. '안녕, 줄리아. 만나서 반가워!'

줄리아는 정말 **부끄러움**이 많아요. 특히 새로운 사람을 만날 때 부끄러움이 많아요. '안녕… . 정우 오빠.' 줄리아가 말했어요. 줄리아의 얼굴이 **빨갛게** 됐어요. 그리고 말이 없었어요.

'동생이 부끄러움이 많네. 그렇지?' 정우가 미소를 지으면서 저에게 말했어요.

'맞아. 그렇지만 귀여워.' 제가 말했어요.

잠시 후 우리는 정우의 아파트로 갔어요. 우리는 한 학기 동안 정우의 아파트에서 **묵을** 거예요. 우리는 택시를 탔어요. 삼십 분 후 서울 시내에 도착했어요. 택시비는 이만 원이었어요. 정우는 그 가격은 서울에서는 보통이라고 했어요. 우리는 택시비를 내고 택시에서 내렸어요.

정우의 아파트까지 조금 걸었어요. 유월이었는데 정말 더웠어요. 그렇지만 시원한 바람도 불었어요.

점심시간에 아파트에 도착했어요. 줄리아와 저는 정말 배가 고팠어요. '정우야, 어디에서 점심을 먹을 수 있어?' 제가 물었어요.

'동네에 맛있는 식당이 **몇** 개 있어.'

'어떤 음식을 팔아?'

'*미친 비빔밥* 식당에서 맛있는 비빔밥을 팔아. 정말 맛있어. 버스를 타고 갈 수 있어. 또 다른 식당에는 맛있는 생선 요리가 있어. 생선 요리 식당은 우리 아파트 바로 옆에 있어.'

'줄리아, 비빔밥 먹을까?' 제가 동생에게 물어봤어요.

'응! 정말 배고파!' 줄리아가 대답했어요.

정우는 우리와 같이 갈 수 없었어요. 정우는 선생님이에요. 곧 수업이 있었어요. 그래서 줄리아와 저만 비빔밥 식당에 가기로 했어요. 버스 정류장까지 조금 걸었어요.

'음… 어떤 버스를 타야 돼?' 제가 줄리아에게 물어봤어요.

'모르겠어…' 줄리아가 대답했어요. '저 사람한테 물어보자.' 줄리아가 하얀색 셔츠를 입은 남자를 가리켰어요.

우리는 그 남자에게 걸어갔어요. 남자가 미소를 지었어요. '안녕하세요. 뭐, 도와드릴까요?'

'안녕하세요. *미친 비빔밥* 식당에 어떻게 가요?' 제가 물었어요.

'그 식당에 가는 것은 쉬워요! 35 번 버스를 타면 돼요. 35 번 버스가 식당 앞으로 가요. 그렇지만 문제가 조금 있어요.'

'무슨 문제요?' 제가 물었어요.

'보통 이 시간에는 그 버스에 사람이 많아요.'

'알겠어요. 고맙습니다!' 우리가 말했어요.

버스 정류장으로 걸어가면서 줄리아와 다니엘은 이야기를 했어요. 줄리아는 버스를 타고 싶지 않아 했어요. '다니엘 오빠, 그냥 생선 요리 식당에서 밥을 먹자. 생선 요리 식당에 가는 것이 더 쉬워. 사람이 많은 버스는 타고 싶지 않아.' 줄리아가 말했어요.

'그래…' 제가 말했어요. 그런데 좋은 **생각이 떠올랐어요**. '잠깐만! 나는 버스를 타고 *미친 비빔밥* 식당에 갈게. 너는 생선 요리 식당에 가.'

'왜?'

'그러면 두 식당을 **비교할** 수 있잖아.'

'아, 좋은 생각이야. 좋아. 맛있게 먹어! 나중에 핸드폰으로 전화할게.' 줄리아가 대답하고 생선 요리 식당으로 걸어갔어요.

저는 다음 버스를 타고 자리에 앉았어요. 정말 피곤했어요. 그리고 곧 **잠이 들었어요**. 서울의 버스 시스템은 정말 좋아요. 걱정할 이유가 없었어요.

잠시 후 일어났어요. 그리고 곧 버스가 멈췄어요. 버스에는 저와 **버스 기사**만 있었어요. '실례합니다.' 제가 말했어요. '여기가 어디예요?'

'수원에 도착했어요.' 버스 기사가 대답했어요.

'네? 수원이요? 지금 우리가 수원에 있어요? 왜 수원에 왔어요?' 제가 물었어요.

'이 버스는 **고속버스**예요. 서울에서 수원까지 바로 와요.' 버스 기사가 말했어요.

믿을 수가 없었어요. 버스를 잘못 탔어요. 그렇지만 **어쩌겠어요?**

저는 버스 기사에게 고맙다고 말하고 버스에서 내렸어요. 그리고 핸드폰을 꺼냈어요. 줄리아에게 전화하고 싶었지만 핸드폰이 **켜지지** 않았어요. 배터리가 없었어요! 시계를 봤어요. 오후 다섯 시가 조금 지났어요. *줄리아는 내가 어디에 있는지 몰라. 정말 걱정하고 있을 거야. 줄리아에게 전화해야 돼. 공중전화가 필요해!*

길에 있는 어떤 여자에게 공중전화가 어디에 있는지 물어봤어요. '저기에 공중전화가 한 대 있어요.' 그 여자가 공중전화를 가리켰어요.

저는 고맙다고 말하고 공중전화 박스로 갔어요. 그렇지만 공중전화 박스에 도착했을 때 생각났어요. *줄리아의 핸드폰 번호는 내 핸드폰에 저장되어 있는데!* 저는 핸드폰을 켤 수 없었어요. 이제 전화를 할 수 있는데 전화번호가 없었어요. ***이제 어떡해?***

잠시 생각했어요. 그리고 지금 정말 배가 고프다는 것을 **깨달았어요**. 아침을 먹은 후에 아무것도 먹지 않았어요. 식당을 찾기로 했어요. 다른 문제는 나중에 생각할 거예요.

식당을 하나 찾았어요. 웨이터가 제 테이블로 왔어요. '안녕하세요!' 웨이터가 밝게 말했어요.

'안녕하세요,' 제가 대답했어요.

'무엇을 주문하시겠습니까?' 웨이터가 한국어로 천천히 물어봤어요.

저는 메뉴를 봤어요. '음… 비빔밥 주세요.' 저도 한국어로 대답했어요.

'네? 죄송합니다. 이해하지 못했어요.' 웨이터가 한국어로 대답했어요.

제가 다시 대답했어요. *내 한국어 **실력**은 나쁘지 않은데…!* '음… 비빔밥 주세요.' 저는 대답하면서 메뉴에서 비빔밥을 가리켰어요. 그리고 다시 영어로 말했어요.

마침내 웨이터가 미소를 지으면서 영어로 대답했어요. '고마워요. 저는 한국 사람이 아니에요. 한국에 온 지 오래되지 않았어요. 한국어를 잘 못해요.'

저는 크게 웃었어요. 식당 안의 많은 사람들이 저를 봤어요. 저는 부끄러웠어요. 그렇지만 **상관하지 않았어요**. 모든 것이 너무 이상했어요. 저는 줄리아와 비빔밥을 먹고 싶었어요. 그런데 저는 지금 수원에서 혼자 비빔밥을 먹고 있어요. 그리고 동생은 제가 어디에 있는지 몰라요. 정말 **황당한** 일이에요!

저녁을 다 먹고 **돈을 냈어요**. 그리고 다시 **현실을** 깨달았어요. *이제 어떡해? 핸드폰은 쓸 수 없어. 공중전화가 있지만 줄리아의 전화번호를 몰라. 어떡해?* 그런데 **생각이 났어요**. *런던에 전화할 수 있어!* 부모님 집의 전화번호를 기억하고 있었어요.

공중전화 박스에 다시 갔어요. 부모님께 전화했어요. **전화가** 네 번 **울렸어요**. 그리고 마침내 엄마가 전화를 받으셨어요. '여보세요?'

'여보세요, 엄마. 다니엘이에요.'

'다니엘? 잘 있어? 서울은 좋아?' 엄마가 말씀하셨어요.

'네, 좋아요. 그런데 엄마, 문제가 있어요.'

'무슨 일이야? 나쁜 일이야?'

'아니요, 나쁜 일은 아니에요, 엄마. 줄리아에게 전화하실 수 있어요? 줄리아에게 저는 지금 수원에 있다고 말해 주세요. 그리고 제 핸드폰에 배터리가 없다고 말해 주세요.'

'수원? 수원에서 뭘 하고 있어?'

'이야기가 길어요. 나중에 이야기할게요, 엄마.'

호텔을 예약하기로 결정했어요. 방이 한 개 있었어요. 서울에는 내일 갈 거예요. 지금은 잠을 자야 돼요.

하룻밤 호텔비를 냈어요. 아빠가 주신 돈을 썼어요. **신용 카드**는 가지고 있지 않았어요. 방에 가서 옷을 벗고 침대에 누웠어요. 불을 끄고 잠을 잤어요. 정말 피곤했어요. 정말 이상한 하루였어요!

제2장 복습

줄거리

다니엘과 줄리아는 서울에 도착했어요. 다니엘의 친구 정우가 공항에서 두 사람을 기다렸어요. 세 사람은 정우의 아파트로 갔어요. 다니엘과 줄리아는 배가 고팠어요. 정우가 두 개의 식당을 말해 줬어요. 줄리아는 걸어서 생선구이 식당으로 갔어요. 다니엘은 비빔밥 식당으로 가는 버스를 탔어요. 버스에서 다니엘은 잠이 들었어요. 그리고 수원에서 일어났어요. 핸드폰은 켜지지 않았어요. 다니엘은 줄리아의 전화번호를 몰라요. 그래서 다니엘은 엄마에게 전화했어요. 그리고 그날 밤 호텔에서 묵었어요.

어휘

뺨 cheek
뽀뽀를 하다 to kiss; to peck
부끄러움 shyness, bashfulness
빨갛다 to be red
묵다 to stay at an accommodation
몇 some, several, a few; how many/much, how old, what (time)
미치다 to be crazy, to be insane
생각이 떠오르다 (an idea) crosses one's mind, comes to mind
비교하다 to compare
잠들다 to fall asleep
버스 기사 bus driver
고속버스 express bus
어쩌겠어요? What can I do? What can we do?
켜지다 (something such as a device) turns on
이제 어떡해? Now what? What is supposed to be done now?
깨닫다 to realise
실력 ability, skill, comptenence
상관하지 않다 to not care, to not mind

황당하다 to be absurd; (something) feels ridiculous

돈을 내다 to pay

현실 reality

생각이 나다=생각나다 to remember, (a memory) comes to mind, to be reminded of; (an idea) occurs to (someone)

전화가 울리다 a phone rings

신용 카드 credit card

이해도 평가

각 질문에 한 개의 답을 고르세요.

6) 정우는 ____.
   a. 공항에서 일해요.
   b. 줄리아와 다니엘의 부모님의 친구예요
   c. 줄리아의 친구예요
   d. 다니엘의 친구예요

7) 서울의 날씨는 ____.
   a. 추워요
   b. 더워요
   c. 춥지도 않고 덥지도 않아요
   d. 산은 덥고, 바다 근처는 추워요

8) 공항에서 나와서, 줄리아와 다니엘은 ____(으)로 갔어요.
   a. 식당
   b. 정우 친구의 아파트
   c. 정우의 아파트
   d. 수원

9) ____ 다니엘은 줄리아에게 연락할 수 없었어요.
   a. 핸드폰 배터리가 없어서
   b. 돈이 없어서
   c. 공중전화가 없어서
   d. 핸드폰을 아파트에 놓고 나와서

10) 다니엘은 그날 밤 ____에서 잤어요.
    a. 서울의 호텔
    b. 버스
    c. 수원의 호텔
    d. 공항

제3장 – 고속 도로

저는 일찍 일어나서 샤워를 했어요. 방에서 음식을 주문했어요. 이제 돈이 많이 없었어요. 그렇지만 배가 고파서 음식을 천천히 맛있게 먹었어요.

아침을 먹고 옷을 갈아입고 방을 나왔어요. 호텔 로비에 있는 시계를 봤어요. 아침 열 시였어요. *엄마가 줄리아에게 뭐라고 이야기하셨을까?* 궁금했어요. 줄리아는 걱정이 많아요. 줄리아가 괜찮았으면 좋겠어요.

호텔 **입구**로 갔어요. 호텔을 떠나기 전에 생각했어요. *서울에 어떻게 돌아갈까?* 호텔비를 내서 돈이 많이 없었어요. 은행이 어디에 있는지 몰라서 은행에서 **돈을 찾을** 수도 없었어요. 줄리아가 저를 기다리고 있을 거예요. 빨리 **해결 방법**을 찾아야 해요!
그때 일하고 있는 사람 두 명을 봤어요. 두 사람은 상자를 트럭으로 옮기고 있었어요. 트럭에는 회사의 이름과 로고가 있었어요. 가까이에서 다시 로고를 봤어요. 저는 크게 웃었어요. 그러나 빨리 웃음을 멈췄어요. 또 사람들이 저를 보는 것은 싫었어요! 믿을 수가 없었어요. 트럭에는 비빔밥 그림이 있었어요. 그 트럭은 *미친 비빔밥* 식당의 트럭이었어요!

저는 두 사람 중 한 사람에게 갔어요. '안녕하세요?' 제가 말했어요.
'안녕하세요, 뭐, 도와드릴까요?' 그 사람이 대답했어요.
'서울에 있는 이 식당에서 일하세요? 제가 비빔밥 그림을 가리키면서 물어봤어요.

'아니요, 저는 그냥 트럭 기사예요.' 그 사람이 대답했어요.

미친 비빔밥 식당을 아세요?'

'네, 매주 그 식당에 **쌀을 배달해요.** 이 쌀로 비빔밥을 만들어요. 그렇지만 저는 그 식당에서 일하지는 않아요.'

트럭 기사가 트럭에 탔어요. 갑자기 좋은 생각이 났어요! '실례합니다.' 제가 말했어요.

'네?' 트럭 기사가 대답했어요.

'저를 서울에 데려다 주실 수 있어요?'

'지금요?' 기사가 대답했어요.

'네,' 제가 대답했어요. '돈이 많이 없어요. 그런데 꼭 동생한테 가야 돼요!'

트럭 기사는 잠시 생각한 후 대답했어요. '좋아요, 트럭에 타세요. 쌀 상자 사이에 앉으세요. **아무한테도** 말하면 안 돼요!'

'말 안 할게요. 고맙습니다.' 제가 대답했어요.

'아니에요. 빨리 타세요. 지금 가야 돼요. 늦으면 안 돼요!' 기사가 말했어요.

저는 트럭 뒤에 탔어요. 두 개의 쌀 상자 사이에 앉았어요. 트럭이 출발했어요. 우리는 서울로 출발했어요. 정말 좋은 생각인 것 같았어요. 트럭이 버스보다 더 빨라요. 그리고 트럭으로 가면 시간을 **절약할** 수 있어요. 그리고 돈도 안 내요. 저는 편하게 앉아서 갔어요.

트럭 뒤는 매우 어두웠어요. 아무것도 볼 수 없었어요. 트럭의 엔진 소리와 **고속 도로**의 자동차 소리만 들을 수 있었어요. 그때 갑자기 트럭 안에서 **무언가** 움직였어요. 쌀 상자들 사이에 다른 사람이 있었어요! '누구세요?' 제가 물었어요.

조용했어요.

'거기에 누구 있어요?' 제가 영어로 물었어요.

계속 조용했어요. 트럭 안에 **확실히** 다른 사람이 있었어요. 그 사람은 상자 사이에 있었어요. 저는 일어나서 그쪽으로 갔어요. 이럴 수가! 거기에 어떤 할아버지가 있었어요. 할아버지는 상자 사이에 **숨어** 있었어요.

'실례합니다.' 제가 말했어요. '그런데 누구세요?'

'제발 나를 **혼자 내버려 둬요**.' 할아버지가 **완벽한** 영어로 말씀하셨어요!

'여기에서 뭐 하세요?' 제가 물었어요.

'서울로 가고 있어요.'

'할아버지가 여기에 계신 것을 트럭 기사가 알아요?'

'아니요, 몰라요. 트럭 기사가 당신과 이야기할 때 트럭에 탔어요.'

'그렇군요…' 제가 말했어요.

갑자기 트럭 기사가 트럭을 멈췄어요. 기사는 차에서 내려서 뒤로 왔어요. 할아버지는 **걱정스럽게** 저를 봤어요. '왜 트럭이 멈췄을까요?'

'모르겠어요.'

문 소리가 났어요.

'저는 숨어야 돼요!' 할아버지가 말씀하셨어요.

트럭 기사가 트럭 뒤로 왔어요. 트럭 기사는 저만 봤어요. 할아버지는 쌀 상자들 사이에 숨었어요.

'무슨 일이 있어요?' 기사가 저에게 물었어요.

'아무 일도 없어요.'

'누구하고 이야기를 했어요?'

'저요? **아무하고도** 이야기하지 않았어요. 여기에는 **아무도** 없어요. 보세요.'

'아직 서울에 도착하지 않았어요. 조용히 하세요. **문제가 생기는** 것은 원하지 않아요.'

'네, 알겠어요.' 제가 대답했어요.

트럭 기사는 문을 닫았어요. 그리고 **운전석으로** 갔어요. 그때 할아버지도 상자 사이에서 나왔어요. 할아버지는 저를 보면서 미소를 지으셨어요. 그리고 말씀하셨어요. '기사가 나를 못 봤어요. **운이 좋았어요.**'

'맞아요.' 제가 대답했어요. '이제 말씀해 주세요. 왜 이 트럭에 숨어서 수원에서 서울까지 가세요?'

'정말 알고 싶어요?'

'물론이에요!'

'이야기를 해 줄게요.'

'네! 서울까지는 멀잖아요! 시간은 많아요!'

할아버지가 이야기를 해 주셨어요. '나는 아들이 한 명 있어요. 그런데 한 번도 못 만났어요. 아들의 엄마와 나는 오래 전에 같이 살았어요. 우리는 완벽한 커플은 아니었어요. 그렇지만 나는 그녀를 사랑했어요. 그런데 내가 미국에 갔어요. 일을 할 수 있는 **기회가** 있었어요. 그런데 **일이 잘 안됐어요.** 한국에 다시 돌아오지 못했어요. 그런데 그녀는 아들하고 이사를 갔어요. 그리고 나는 다시는 그 두 사람을 보지 못했어요. 그런데 최근에 두 사람의 집을 찾았어요.'

'서울에서요?'

'네.'

'아들이 몇 살이에요?'

'24 살이에요.'

'저하고 나이가 같아요.'

할아버지가 웃었어요. '정말 **우연이군요!**'

'네, 맞아요.'

우리는 잠시 동안 말하지 않았어요. 그리고 저는 일어나서 스트레칭을 했어요. 그리고 할아버지에게 질문했어요. '아들의 이름이 뭐예요?'

'아들의 이름은 정우예요. 정우가 사는 아파트는 *미친 비빔밥* 식당 근처에 있어요. 그래서 내가 이 트럭에 탔어요.'

이 할아버지는 제 친구 정우의 아버지였어요. 믿을 수가 없었어요!

제3장 복습

줄거리

다니엘은 일어나서 호텔 방에서 아침을 먹었어요. 호텔을 나와서 다니엘은 트럭을 한 대 봤어요. 그것은 *미친 비빔밥* 식당의 트럭이었어요. 다니엘은 트럭 기사에게 서울까지 태워 달라고 부탁했어요. 트럭 기사가 괜찮다고 말했어요. 트럭 안에서, 다니엘은 할아버지를 한 분 만났어요. 할아버지도 서울로 가려고 했어요. 할아버지는 아들 정우를 찾고 있었어요. 할아버지는 다니엘의 친구 정우의 아버지였어요.

어휘

입구 entrance (to a building)

돈을 찾다 to withdraw money

해결 방법 solution, method to solve (a problem)

쌀 rice

배달하다 to deliver

아무한테도 (not) to anybody

절약하다 to save (money/resources)

고속 도로 motorway

무언가 something

확실히 certainly, surely

숨다 to hide (oneself)

(혼자) 내버려 둬요! Leave me alone!

완벽하다 to be perfect

걱정스럽게 with a look of worry; worriedly

아무하고도 (not) with anybody

아무도 (not) anybody

문제가 생기다 a problem arises

운전석 driver's seat

운이 좋다 to be lucky

기회 opportunity, chance

일이 잘 안되다 (things) do not work out

우연이다 to be coincidental, to be accidental

이해도 평가

각 질문에 한 개의 답을 고르세요.

11) 다니엘은 ____ 정도에 일어났을 거예요.
    a. 10:15
    b. 10:00
    c. 9:00
    d. 12:15

12) 트럭 기사는 ____.
    a. 호텔에서 일해요
    b. *미친 비빔밥* 식당에서 일해요
    c. 운전 기사예요
    d. 다른 식당에서 일해요

13) 다니엘은 트럭에서 ____를 만났어요.
    a. 젊은 남자
    b. 젊은 여자
    c. 나이 많은 여자
    d. 나이 많은 남자

14) 트럭에서 만난 사람은 ____ 여행하는 중이었어요.
    a. *미친 비빔밥*에서 일하려고
    b. 운전 기사로 일하려고
    c. 아버지를 만나려고
    d. 아들을 만나려고

15) 트럭에서 만난 사람은 ____예요.
    a. 다니엘의 아버지
    b. 정우의 아버지
    c. 줄리아의 어머니
    d. 다니엘의 어머니

제4장 – 다시 서울에서

할아버지와 저는 트럭 안에서 이야기를 했어요. 그렇지만 할아버지의 아들을 알고 있다고 말하지는 않았어요. 마침내 트럭이 서울에 도착했어요. 기사가 트럭의 엔진을 껐어요. 할아버지와 저는 **뒷문**으로 나왔어요. 할아버지는 사람들 사이에 숨었어요. 저는 트럭 기사에게 고맙다고 말했어요.

'아니에요. 좋은 하루 보내요!' 트럭 기사가 말했어요.

저는 뒤로 돌았어요. 할아버지는 식당을 보고 있었어요. 마침내 *미친 비빔밥*에 도착했어요! 우리는 식당에 들어갔어요. 식당 안에는 아무도 없었어요. 오후 세 시였어요. 아직 저녁 식사 시간이 아니었어요.

'이제 뭘 하실 거예요?' 할아버지에게 제가 물었어요.

'아직 배고프지 않아요.' 할아버지가 대답했어요. '아들의 아파트에 가고 싶어요. 같이 갈래요?'

'네, 좋아요.' 제가 대답했어요.

할아버지는 정우의 집 **주소**를 알고 있었어요. 우리는 35번 버스를 탔어요. 버스에서 내린 후에 정우의 집으로 걸어갔어요. 정우와 제가 친구인 것을 할아버지는 아직 모르고 계셨어요. 정우는 아버지 이야기를 자주 하지 않았어요.

그때는 결정을 할 수 없었어요. 할아버지에게 말을 해야 할까요? 말하지 말까요? 마침내 결정했어요. 말하지 않을 거예요. 두 사람이 **깜짝 놀라면** 좋겠어요.

아파트에 도착해서 입구에 들어갔어요. '어서 오세요!' 아파트 **경비원**이 말했어요.

'안녕하세요.' 우리가 대답했어요.

할아버지는 경비원에게 갔어요. 정우의 아파트 번호를 물어보려고 했어요.

'걱정하지 마세요.' 제가 말했어요.

우리는 엘리베이터를 타고 3층으로 갔어요. 그리고 엘리베이터에서 내렸어요. 정우의 집 문 앞으로 갔어요.

'여기예요.' 제가 말했어요.

'그걸 어떻게 알아요?' 할아버지가 물었어요.

제가 할아버지께 설명했어요.

'정우와 저는 친구예요. 그런데 할아버지와 제가 같은 트럭에 탔어요. 이건 **행운**이에요! 아니면 **운명**이에요!' 할아버지는 처음에는 믿지 못했어요. 그렇지만 운명을 **받아들였어요**. 할아버지는 빨리 아들을 보고 싶어하셨어요.

초인종을 눌렀어요. 그렇지만 아무도 문을 열어 주지 않았어요.

'줄리아? 정우야?' 제가 불렀어요. '누구 있어요?' 아무도 없었어요. 여동생과 제가 이 아파트에 머물고 있다고 할아버지께 설명했어요. 그리고 열쇠로 문을 열었어요.

'정우와 줄리아는 어디에 있어요?' 할아버지가 물었어요.

'모르겠어요. 그렇지만 곧 올 거예요.'

우리는 아파트에 들어갔어요. 저는 핸드폰 **충전기**를 찾았어요. 그리고 15분 동안 핸드폰을 **충전했어요**. 그리고 줄리아에게 전화했어요. 줄리아의 핸드폰이 한 번 울렸어요. 줄리아가 바로 전화를 받았어요.

'오빠! 엄마가 전화하셨어. 그래도 정말 걱정했어!'

'여보세요, 줄리아. 걱정하지 마. 나는 괜찮아. 지금 정우의 집에 있어. 그런데 다른 사람하고 같이 있어.'

'누구하고 같이 있어?'

'이야기가 길어. 집으로 와. 너는 지금 어디에 있어?'

'엄마가 아침에 전화하셨어. 오빠가 수원에 있다고 말씀하셨어. 정우 오빠와 **밤새** 오빠를 기다렸어! 우리는 점심을 먹으려고 밖에 나왔어. 지금 집으로 가는 중이야.'

'응. 기다릴게.'

삼십 분 후, 정우와 줄리아가 집에 왔어요. '안녕, 다니엘! 네가 다시 집에 와서 **기뻐**' 정우가 말했어요. 그리고 할아버지를 봤어요. '누구세요?' 정우가 물었어요.

할아버지가 대답하시기 전에 제가 말했어요. '음… 정우야, 너한테 할 이야기가 있어. 중요한 이야기야.'

'무슨 일이야?' 정우가 물었어요.

'정우야, 이 분은 네 아버지야.' 제가 말했어요.

처음에 정우는 깜짝 놀랐어요. '우리 아버지? **말도 안 돼!**'

할아버지가 정우를 봤어요. '이름이 정우예요?' 할아버지가 정우에게 물었어요.

'네, 제가 정우예요. 그렇지만 할아버지가 어떻게 우리 아빠예요?' 정우가 말했어요.

'내 이름은 하종구야. 내가 네 아빠야.'

정우의 아버지는 정우에게 모든 것을 설명했어요. 정우도 곧 이해했어요. 정우는 아버지를 **어색하게** 안았어요. 많은 시간이 지났지만 마침내 두 사람이 만났어요. 두 사람은 무슨 말을 해야 할지 몰랐어요.

마침내 정우가 웃으면서 말했어요. **'축하해야 할 일인 것 같아요!'**

'그래!' 정우의 아버지가 말씀하셨어요.

'*미친 비빔밥*에 갈까?' 줄리아가 말했어요.

제가 놀라서 줄리아를 봤어요. '안 돼! 비빔밥은 먹고 싶지 않아! 다시는 비빔밥을 먹고 싶지 않아!' 줄리아가 저를 보면서 웃었어요. 제가 다시 말했어요. '다시는 그 식당 근처에 가고 싶지 않아! 그리고 오랫동안 버스를 타고 싶지도 않아! 피자를 먹고 싶어!'

다른 사람들이 모두 웃었어요. 잠시 후 저도 웃었어요.

'정말 **이상한** 날이야!' 제가 말했어요.

'맞아.' 할아버지가 대답했어요. '*미친* 날! 정말 이상한 날이야!'

제4장 복습

줄거리

다니엘과 할아버지는 서울에 도착했어요. 두 사람은 *미친 비빔밥* 식당으로 갔어요. 저녁 시간이 아니라서 아무도 없었어요. 그리고 두 사람은 정우의 아파트로 갔어요. 거기에도 역시 아무도 없었어요. 다니엘은 핸드폰을 충전했어요. 그리고 줄리아에게 전화를 했어요. 줄리아는 정우와 나갔어요. 줄리아와 정우는 집으로 돌아왔어요. 다니엘이 정우에게 아버지를 소개해 줬어요. 네 사람은 저녁을 먹으며 축하를 하기로 했어요. 그렇지만 다니엘은 비빔밥 말고, 피자를 먹고 싶어했어요.

어휘

뒷문 back door
주소 address
깜짝 놀라다 to be surprised, to be startled
경비원 property security, caretaker (of a building), concierge
행운 luck, good fortune
운명 destiny, fate
받아들이다 to accept
충전기 (battery) charger
충전하다 to recharge
밤새 all night long, overnight
말도 안 돼! No way!
어색하다 to be awkward, to feel awkward
축하하다 to congratulate, to celebrate
이상하다 to be strange, to be weird, to be absurd

이해도 평가

각 질문에 한 개의 답을 고르세요.

16) 할아버지와 다니엘은 트럭에서 내린 후에 처음에 ____ (으)로 갔어요.
    a. 정우의 아파트
    b. 공중전화 박스
    c. *미친 비빔밥* 식당
    d. 공항

17) 두 사람이 아파트에 도착했을 때 ____.
    a. 줄리아와 정우가 있었어요
    b. 줄리아만 있었어요
    c. 정우만 있었어요
    d. 아무도 없었어요

18) 다니엘은 먼저 ____.
    a. 핸드폰을 충전했어요
    b. 저녁을 만들었어요
    c. 정우에게 전화를 했어요
    d. 다니엘의 부모님에게 전화를 했어요

19) 그 다음에 다니엘은 ____에게 전화를 했어요.
    a. 다니엘의 부모님
    b. 정우
    c. 줄리아
    d. 트럭 기사

20) 축하하기 위해서 줄리아는 ____에 가고 싶어했어요.
    a. *미친 비빔밥* 식당
    b. 피자 식당
    c. 런던
    d. 수원

아주 특이한 여행

제1장 – 괴물

한라산은 한국의 섬, 제주도에 있어요. 많은 가족들이 제주도에 여행을 가요. 사람들은 한라산에서 사진도 많이 찍고 **경치도 즐겨요**.

제주도의 날씨는 좋아요. 날씨가 좋아서 여행자들이 한라산에서 등산을 많이 해요. 수아도 한라산을 좋아해요. 수아는 자연과 등산을 좋아해요. 수아는 유월과 칠월에 자주 등산을 해요. 유월과 칠월에 한라산의 날씨는 따뜻하지만 너무 덥지는 않아요. 수아는 매주 주말에 **배낭**에 **짐을 챙겨서** 한라산에서 등산을 해요.

수아의 친한 친구, 태오도 등산을 좋아해요. 태오는 수아와 자주 같이 등산을 해요. 지난 주말에 수아와 태오는 한라산에서 등산을 했어요. 그런데 **결국** 그 등산은 아주 **특이한** 여행이 됐어요!

수아와 태오는 등산 **출발지**에서 만났어요. '수아야, 안녕!' 태오가 멀리서 **외쳤어요**.

'안녕, 태오야!' 수아가 대답했어요.

'내가 얼른 갈게!' 태오가 외쳤어요. 태오는 수아를 **향해서** 뛰어갔어요.

'태오야, 천천히 와. **힘들어**.'

'걱정하지 마. 등산하려고 에너지 드링크를 가져왔어.' 태오가 큰 배낭을 가리키면서 웃었어요.

두 사람은 **계속** 걸어갔어요. 그런데 **오솔길**이 하나에서 두 개가 되었어요.

'어느 길로 가야 돼지?' 수아가 물었어요. '오른쪽? 아니면 왼쪽?'

'왼쪽으로 가자.' 태오가 대답했어요.

'글쎄, 음… 나는 오른쪽이 더 좋을 것 같은데.'

'왜?'

수아는 왼쪽 길 근처에 있는 숲을 본 후에 대답했어요. '저 오솔길에 대한 이야기를 많이 들었어. 사람들이 **커다랗고 털**이 많은 **괴물**을 봤대.'

'정말? 너는 그 이야기를 믿어?'

'음… 잘 모르겠어…'

'수아야, 왼쪽으로 가 보자!' 태오가 말했어요. 수아는 걱정스러워 보였지만 태오와 같이 왼쪽 길로 갔어요.

한 시간 후에도 태오와 수아는 여전히 길을 걷고 있었어요. 두 사람 주변은 전부 나무였어요. 벌써 늦은 오후였어요. 수아가 태오에게 물었어요. '너는 이 숲에 이상한 괴물이 산다고 생각해?'

'아니.'

'왜?'

'글쎄, 난 한 번도 괴물을 본 적이 없어. 넌 본 적 있어?'

'아니.'

'그러니까 우리는 안전해!'

두 친구는 계속 걸었어요. 벌써 **해가 지고** 있었어요. 갑자기 두 사람은 숲 밖으로 나왔어요. 두 사람 앞에 **호수**가 있었어요.

태오와 수아는 **주변을 둘러봤어요**. 호수 근처에 집이 한 **채** 있었어요. 그 집은 나무로 만들어져 있었고 아주 오래돼 보였어요 '태오야!' 수아가 태오를 불렀어요. '저기를 좀 봐!'

'어디?' 태오가 대답했어요.

'저기! 저기에 집이 있어! 나무로 만들어진 집이 있어!'

'아, 보여. 가서 보자!'

'뭐라고? 그렇지만 누가 있으면 어떡해?'

'수아야, 무서워하지 마. **분명히** 아무도 없을 거야.'

두 친구는 집으로 걸어갔어요. 집 안에 들어가기 전에 두 사람은 집 주변을 둘러봤어요. '오래 전에 만들어진 집 같아.' 수아가 말했어요. '창문들을 좀 봐!' 유리도 오래 됐고 집을 지은 나무도 오래됐어!'

'맞아.' 태오가 대답했어요. '적어도 50년은 된 것 같아. 하지만 보기 싫지는 않아. 저 집이 꽤 **마음에 들어.**'

태오는 주변을 둘러봤어요. 갑자기 태오가 수아를 불렀어요. '수아야, 여기 와 봐!' 호수에 작은 배가 있었어요. 배도 오래됐고 나무로 만들어져 있었어요. 태오가 수아를 보고 말했어요. '배를 타 보자!'

'**진심이야?** 왜?'

'배를 타고 호수 가운데로 가자!'

'난 잘 모르겠어…'

'얼른! 가자! 재미있을 거야!'

'그래…' 수아가 대답했어요. 수아는 즐거워 보이지 않았어요.

수아와 태오는 배를 탔어요. 두 사람은 천천히 **노를 저으면서** 호수 가운데로 갔어요. 수아가 주변을 둘러보면서 말했어요. '태오야, 여기 정말 좋아!'

'정말 그래. 나무가 정말 많지만 그래도 해가 잘 보여.'

'그래. 정말 좋아. 뭐 좀 먹자. 뭐 먹을래?'

'그래! 뭐 가지고 왔어?'

수아가 배낭에서 과자와 도시락을 꺼냈어요. 태오는 에너지 드링크를 꺼냈어요.

'뭐 먹을래?'

'김밥이 맛있겠다…'

'그래, 여기. 맛있게 먹어.'

'고마워, 수아야!'

두 친구는 호수 가운데에서 도시락을 먹었어요. 갑자기 두 사람은 무슨 소리를 들었어요.

'무슨 소리 못 들었어?' 태오가 물었어요.

'들었어.' 수아가 대답했어요. 수아는 무서워하는 것 같았어요.

'저 집에서 **소리가 나는** 것 같아.'

'그런 것 같아!'

'가서 보자!'

수아는 놀라서 태오를 봤어요. '진심이야?' 수아가 말했어요.

'응! 얼른 와!'

태오와 수아는 노를 저어서 호숫가로 갔어요. 그리고 배에서 내려서 나무집으로 천천히 걸어갔어요.

'수아야, 나는 집 안으로 들어가 보고 싶어.'

'왜? 우리 등산을 하기로 했잖아? 밖에서 깨끗한 **공기를** 마시면서! 집 안에서가 아니라!'

'그래. 그렇지만 숲에는 재미있는 것들이 아주 많아. 나는 **탐험을 하고** 싶어.'

'난 잘 모르겠어…'

'얼른! 집 안으로 들어가 보자!' 태오가 다시 말했어요. 결국 수아가 **동의했어요.**

수아와 태오는 집으로 걸어갔어요. 그리고 문을 열고 집 안으로 들어갔어요. 집 안에 있는 모든 것들은 매우 오래됐어요. 그리고 아주 오랫동안 아무도 살지 않은 것 같았어요. 모든 곳에 **먼지가 쌓여** 있었어요.

'수아야, 이거 봐.' 태오가 수아를 불렀어요. 태오의 목소리가 이상했어요.

'뭐?'

'여기, 창문 옆에.'

수아가 봤어요. 바닥 먼지 위에 아주 큰 **발자국**이 여러 개 있었어요.

'무슨 발자국처럼 보여?' 태오가 물었어요.

'곰 발자국 같아.' 수아가 대답했어요.

'곰이라고?! 이 주변에는 곰이 살지 않아!'

'모르겠어. 이제 밖으로 나가자!'

갑자기 두 친구는 부엌에서 나는 소리를 들었어요. 수아와 태오는 부엌으로 달려갔어요. 두 사람은 방금 본 것을 믿을 수가 없었어요. 아주 크고 털이 많은 큰 괴물이 부엌에 서 있었어요! 괴물은 뒤로 돌아서 뒷문으로 도망갔어요. 괴물은 아주 시끄러웠어요. 나가면서 문도 부쉈어요!

수아와 태오는 가만히 서 있었어요. 괴물은 숲으로 사라졌어요. 수아는 아무 말도 할 수 없었어요. '**도대체** 뭐였어?' 태오가 물었어요.

두 사람은 그것이 무엇인지 알 수 없었어요.

제1장 복습

줄거리

수아와 태오는 한라산으로 등산을 갔어요. 두 사람은 호수에 갔어요. 호수 가까이에 오래된 집과 배가 있었어요. 두 사람은 배를 타고 호수 가운데로 갔어요. 그리고 어떤 소리를 들었어요. 수아와 태오는 다시 돌아가서 오래된 집에 들어갔어요. 그리고 부엌에서 이상한 괴물을 봤어요. 괴물은 집 밖으로 도망갔어요. 그리고 숲으로 들어갔어요. 수아와 태오는 그 괴물이 무엇인지 알 수 없었어요.

어휘

경치 scenery, view
즐기다 to enjoy
배낭 backpack
짐을 챙기다 to pack up
결국(에) at the end, eventually
특이하다 to be unique, to be peculiar
출발지 point of departure
외치다 to cry out, to shout
향해서 toward(s)
힘들다 to be tired, to be exhausted; to be tiring, to be exhausting
계속(해서) continuously
오솔길 footpath, trail
커다랗다 to be large, to be big
털 hair
괴물 a monster, strange creature
해가 지다 the sun sets
호수 lake
주변을 둘러보다 to look around

채 counter* for a building/house
분명히 definitely, surely
마음에 들다 to like, to be fond of
진심이야? Are you kidding? Are you serious?
노를 젓다 to row (a boat) with an oar
소리가 나다 (there is a) sound/noise
공기 air
탐험하다 to explore
동의하다 to agree, to give consent to
먼지 dust
쌓이다 to be piled up, to be stacked up cf. 쌓다
발자국 footprint
도대체 (how/what/why) on earth

이해도 평가

각 질문에 한 개의 답을 고르세요.

1) 수아와 태오는 ____에 있어요.
    a. 서울에 있는 산
    b. 한라산
    c. 부산
    d. 제주도의 바다

2) 두 사람은 ____(으)로 등산을 갔어요.
    a. 호수가 있는 산
    b. 바닷가
    c. 작은 동네
    d. 도시

* A counter is a noun that is used when counting different nouns (for example, a <u>piece</u> of paper, a <u>loaf</u> of bread, etc.), used with numbers to indicate the quantity of the noun.

3) 한라산을 등산하면서 수아와 태오는 ____을/를 봤어요.
   a. 작은 동네
   b. 도시
   c. 가게
   d. 집

4) 수아와 태오가 호수에서 배를 보고 두 사람은 ____.
   a. 배를 타지 않았어요
   b. 배에서 잠을 잤어요
   c. 배를 타는 것은 안전하지 않다고 생각했어요
   d. 노를 저어서 호수 가운데로 갔어요

5) 호수에서, 수아와 태오는 ____에서 나는 무슨 소리를 들었어요.
   a. 배
   b. 집
   c. 호수
   d. 숲

제2장 – 찾기

'봤어?' 태오가 물었어요.

'응!' 수아가 대답했어요. '뭐였어?'

'모르겠어! 그런데 정말 크고 **못생겼어!**'

'그래… 괴물 같았어!'

태오가 수아를 보면서 말했어요. '**따라가** 보자!'

'진심이야?' 수아가 대답했어요. '**절대** 안 돼!'

'얼른! 우리는 탐험하러 왔잖아! 따라가 보자!'

'태오야, 난 정말 모르겠어.'

태오와 수아는 오래된 집을 나왔어요. 두 사람은 괴물의 발자국을 따라서 숲으로 갔어요. 두 사람은 주변을 둘러봤어요. 마침내 태오가 말했어요. '괴물이 어디로 갔는지 모르겠어. 여기에서 **갈라지자.**'

'갈라지자고?' 수아가 놀라서 말했어요. '태오야, 너 미쳤어? 여기에 이상한 괴물이 있어. 그리고 우리는 그 괴물이 어디에 있는지도 모르잖아!'

'알아.' 태오가 말했어요. '그렇지만 괴물을 보면 괴물의 사진을 찍을 수 있어. 사진을 찍으면 우리가 뉴스에 나올 수도 있어.'

'뭐?'

'얼른, 수아야.' 태오가 말했어요. '그 괴물은 특별한 동물일 수도 있어! 아무도 괴물 사진을 찍은 적이 없을 거야!' 태오는 수아를 보면서 계속 말했어요. '**어쩌면** 사람들이 우리에 대해서 기사를 쓸 수도 있어! 어쩌면 내가 텔레비전 뉴스 인터뷰를 할 수도 있어! 우리가 어쩌면…'

'그만 해! 너는 정말 미쳤어. 너하고 갈라져서 가고 싶지는 않지만... 좋아, 우리 갈라지자.'

태오가 한쪽 길로 갔어요. 수아는 다른 길로 갔어요. 수아는 괴물의 **흔적**을 보지 못했어요. 수아는 더 생각해 봤어요. 결국 수아는 간단한 **결론을 내렸어요**. 수아와 태오는 괴물을 **상상한** 것이었어요. 괴물은 진짜가 아니었어요.

몇 분 후, 수아는 숲에서 태오와 다시 만났어요. 날이 어두워졌어요. 수아는 태오에게 **자신**의 생각을 말했어요. 그 괴물은 진짜가 아니라고 말했어요. 태오는 동의하지 않았어요. 태오는 괴물이 진짜라고 **확신했어요. 증명만 하면** 된다고 생각했어요.

그때 태오는 **나무 덤불**을 봤어요. 태오는 괴물이 덤불 안에 있는지 확인하고 싶었어요. 태오는 수아에게 기다리라고 말했어요. 덤불로 들어가면서 태오는 미소를 지으면서 **손을 흔들었어요**.

수아는 태오를 기다렸어요. 태오는 나오지 않았어요. 삼십 분 정도 기다렸어요. 태오는 계속 나오지 않았어요. 수아는 핸드폰을 봤어요. **신호**가 없었어요. 전화로 **도움을 요청할** 수도 없었어요. 이제 수아는 무서워졌어요. 그렇지만 태오를 혼자 두고 갈 수는 없었어요!

수아는 갑자기 생각했어요. *태오는 아까 그 집으로 돌아갔을 수도 있어! 이건 모두 장난일 거야!*

수아는 오래된 집으로 돌아갔어요. 수아는 주변을 둘러봤어요. 태오는 없었어요. 수아는 기다리기로 했어요. 태오가 장난을 치는 것이라면 수아도 장난을 칠 거예요.

수아는 **평소처럼 행동하기로** 했어요. 태오가 사라진 것이 아무 일도 아닌 것처럼 행동하기로 했어요. 하하! 재미있을 거예요!

안방에 오래된 침대가 있었어요. 수아는 침대에 앉아서 도시락을 꺼냈어요. 도시락을 먹으면서 태오에 대해서 생각했어요. 어디에 있을까? 내가 뭘 할 수 있을까?

수아가 이런저런 생각을 하는데 잠이 오기 시작했어요. 제대로 생각을 할 수 없었어요. 참 힘든 날이야! *그냥 여기에서 태오를 기다릴래. 그리고…* 수아는 바로 잠들었어요.

다음 날 수아는 일찍 일어났어요. 태오는 아직 돌아오지 않았어요. *이 모든 일들이 꿈이었으면 좋겠어…* 그렇지만 이제는 꿈이 아니라는 것을 깨달았어요. 수아는 정말 걱정이 됐어요. 장난이 아니라는 것을 알게 됐어요.

수아는 가장 가까운 **마을**에 가기로 결정하고 한라산을 걸어서 작은 마을에 갔어요. 사람들이 여러 명 있었어요. 수아가 다시 핸드폰을 켜 봤어요. 여전히 신호는 없었어요. 전혀! 수아는 지금 전화가 필요했어요! 수아는 근처 식당에 갔어요. 식당에는 사람들이 많았어요. 수아는 무슨 말을 해야할지 몰랐어요. 정말 이상한 상황이었어요! 수아는 아무 말도 하지 않기로 결정했어요. 수아는 가게 주인에게 가서 물었어요. '안녕하세요. 전화를 좀 써도 될까요?'

'물론이죠. 저기에 있어요.'
'정말 고맙습니다.'

먼저 수아는 태오의 번호로 전화를 걸었어요. 태오의 핸드폰은 꺼져 있었어요. 어쩌면 핸드폰에 문제가 있을 수도 있어요. 그 다음 수아는 태오의 집에 전화를 걸었어요. 전화가 한 번, 두 번, 세 번 울렸어요. 왜 아무도 전화를 받지 않지? 태오의 형은 보통 아침에 집에 있는데 오늘은 없었어요. 다시 전화했지만 아무도 받지 않았어요. 수아는 **메시지를 남겼어요**. 그리고 물었어요. '태오야, 어디에 있어?'

수아는 식당에서 나왔어요. 그리고 잠시 길에 서서 생각했어요. 수아는 **독립적인** 사람이에요. 모든 것에 대해서 **꼼꼼히** 생각하는 사람이에요. *좋아, 그럼, 수아는 생각했어요. 생각해 보자. 아마도 태오는 덤불에서 길을 잃었을 거야. 그리고 밖으로 나왔을 때 내가 없었어. 그래서 집에 갔어. 틀림없이 그랬을 거야!*

수아는 태오의 집으로 가기로 했어요. 수아는 식당으로 돌아가서 택시를 불렀어요. 삼십 분 후 수아는 태오의 집에 도착했어요. '14,000 원입니다.' **택시 기사**가 말했어요.

'여기 15,000 원이요.' 수아가 말했어요. '**잔돈**은 됐어요.'

'고맙습니다. 좋은 하루 보내세요.'

수아는 택시에서 내려서 태오의 집으로 걸어갔어요. 집은 매우 크고 아름다웠어요. 2 층이었고 정원도 있었어요. 태오의 집은 아주 좋은 동네에 있었어요. 주변에 큰 집들과 가게들이 있었어요. 태오의 차는 집 밖에 있었어요. 태오는 집에 있는 걸까? 가족에게 전화한 걸까?

수아는 핸드폰을 다시 확인했어요. 이제 신호는 있었지만 메시지는 없었어요. 다시 태오에게 전화했어요. 그리고 걱정된다고 메시지를 남겼어요. 그리고 바로 연락하라고 부탁했어요.

이해가 안 가. 수아는 생각했어요. *태오는 집에 운전해서 왔어. 그러면 왜 나한테 전화하지 않았지?* 수아는 벨을 눌렀어요. 아무도 대답하지 않았어요. 수아가 초인종을 세 번 눌렀지만 아무도 대답하지 않았어요.

수아는 걱정이 됐어요. 수아는 친구 지아와 서우의 집으로 갔어요. 두 친구들도 집에 없었어요. 전화를 했지만 두 사람의 전화도 꺼져 있었어요! 무언가 이상한 일이 일어나고 있었지만 수아는 그 일이 무엇인지 알 수 없었어요. 친구들 모두가 사라졌어요!

수아는 무엇을 해야 할지 몰랐어요. 경찰에는 연락하고 싶지 않았어요. 태오의 차가 집에 있는 것을 보니 태오는 안전한 것 같았어요. 도움을 요청할 친구가 없었어요. 수아는 무언가를 하기로 결정했어요. 혼자서 태오를 찾아볼 거예요!

벌써 늦은 오후였어요. 수아는 다시 택시를 타고 한라산으로 돌아갔어요. 몇 분 후 수아는 그 오래된 나무집을 봤어요. 그렇지만 이번에는 그 집이 좀 달랐어요. 집에 불이 켜져 있었어요!

제2장 복습

줄거리

수아와 태오는 이상한 괴물을 찾아서 숲으로 갔어요. 태오가 사라졌어요. 수아는 태오를 찾다가 나무집에 돌아갔어요. 태오는 거기에 없었어요. 수아는 잠이 들었어요. 그리고 다음날 아침 일찍 일어났어요. 태오는 여전히 없었어요. 수아는 걱정이 됐어요. 수아는 태오에게 전화를 했어요. 태오는 받지 않았어요. 수아는 태오의 집으로 갔어요. 그 곳에서 태오의 차를 봤어요. 그렇지만 태오를 찾을 수 없었어요. 수아는 결국 나무집으로 돌아갔어요. 그 집에 불이 켜져 있었어요.

어휘

못생기다 to be ugly, to be unattractive

따라가다 to follow

절대 absolutely (not) ever

갈라지다 to split

어쩌면 maybe, perhaps

흔적 trace

결론을 내리다 to conclude, to reach a conclusion

상상하다 to imagine

자신 oneself, one's own

확신하다 to be convinced, to be sure

증명하다 to prove

나무 덤불 bush, thicket

손을 흔들다 to wave one's hand

신호 signal

도움을 요청하다 to call for help

평소처럼 as usual
행동하다 to act
안방 master bedroom
마을 (small) town, village, neighbourhood cf. 동네
메시지를 남기다 to leave a message
독립적이다 to be independent
꼼꼼히 meticulously, in detail
택시 기사 taxi driver
잔돈 (money) change

이해도 평가

각 질문에 한 개의 답을 고르세요.

6) 처음에 수아는 그 괴물은 ＿＿＿(이)라고 생각했어요.
    a. 진짜
    b. 장난
    c. 태오
    d. 상상한 것

7) 태오는 ＿＿＿을/를 봤어요.
    a. 특별한 나무
    b. 다른 집
    c. 수아의 차
    d. 나무 덤불

8) 수아는 ＿＿＿에서 잠들었어요.
    a. 나무 덤불
    b. 호수의 배
    c. 집 안의 침대
    d. 마을

9) 잠에서 깬 후에 수아는 ____.
   a. 가까운 마을로 갔어요
   b. 덤불로 갔어요
   c. 태오의 부모님께 전화했어요
   d. 수아의 부모님께 전화했어요

10) 수아가 다시 그 호숫가의 집으로 돌아왔을 때, 수아는 ____을/를 봤어요.
    a. 집에 불이 난 것
    b. 집에 불이 켜진 것
    c. 집에 있는 괴물
    d. 집에 있는 태오

제3장 – 깜짝 파티

수아는 믿을 수 없었어요. '집에 불이 켜져 있어!' 수아가 소리쳤어요. 수아는 나무집으로 갔어요.

늦은 오후였지만 수아는 분명히 집 안에서 주황색 불빛을 봤어요. 집 주변을 걸어서 둘러봤어요. 누가 안에 있는지 보고 싶었어요. 분명히 태오일 거예요!

'안녕? 나 수아야!' 수아가 외쳤어요. 아무도 대답하지 않았어요. 갑자기 집 안에서 소리가 났어요. *좋아*, 수아는 생각했어요. *이제 재미없어!* 수아는 가서 문을 열었어요. 수아는 깜짝 놀랐어요.

수아가 아는 모든 사람들이 거기에 있었어요! 집 안에 정말 많은 사람들이 있었어요! 수아의 엄마와 다른 가족들, 그리고 지아와 서우도 있었어요!

'수아야!' 수아의 엄마가 수아를 **불렀어요.**

'엄마,' 수아가 조심스럽게 말했어요. '어떻게 된 일이에요?'

'음,' 수아의 엄마가 말씀하셨어요. '앉아, 설명해 줄게.'

수아는 오래된 침대 위에 앉았어요. '무슨 일이에요?' 수아가 말했어요. 주변의 모든 사람들이 걱정스러워 보였어요. 아무도 말을 하지 않았어요. '아빠는 어디에 계세요?' 수아가 엄마에게 물었어요.

'아빠는 회사에 계셔. 곧 오실 거야.' 엄마가 대답하셨어요.

수아가 방을 둘러보면서 물었어요. '무슨 일인지 누가 제발 말 좀 해 줘요.'

수아의 엄마가 일어나서 말씀하기 시작하셨어요. '태오가 없어진 것 같아. 괴물이 **잡아간** 것 같아.'
'네? 우리가 괴물을 본 걸 어떻게 아세요?'
'태오가 우리에게 도움이 필요하다고 메시지를 보냈어. 그리고 태오의 핸드폰이 꺼졌어. 그래서 태오를 찾기 위해서 여기에 왔어. 이제 찾으러 갈 거야.'
'지금요?' 수아가 놀라서 물었어요.
'그래, 지금.'

사람들은 배낭을 챙기고 **손전등**을 켰어요. 모두 밖으로 나가서 태오를 찾을 준비를 했어요.
수아는 문에서 멈췄어요. 그리고 잠시 그 곳에 서 있었어요. *난 이해가 안 돼.* 수아는 생각했어요. *태오는 혼자 가지 않았을 거야. 태오는 내가 무서워할 것을 알았을 거야. 그리고 태오가 왜 우리 엄마한테 메시지를 보냈어? 나한테 안 보내고? 그리고 왜 내 친구들이 모두 여기에 있어? 태오의 친구들이 아니라?* 수아는 **고개를 저었어요.** *말이 안 돼.*

잠시 후 수아는 주변을 둘러봤어요. 사람들이 보이지 않았어요! 아무도 보이지 않았어요! '모두 어디에 있어요?' 수아가 사람들을 불렀어요. '저기요, 내 말 들려요?'

수아는 숲으로 걸어갔어요. 아마도 모두 거기에 있을 거야. 수아는 생각했어요. 수아는 걸으면서 배낭에서 손전등을 꺼내서 켰어요. 날이 다시 어두워지기 시작했어요.
'모두 어디에 있어요? 거기 누구 있어요?' 수아가 소리쳤어요. 아무도 대답하지 않았어요. *이해가 안 돼!*

수아가 생각했어요. 그리고 어두운 숲을 둘러봤어요. 수아는 뒤로 돌았어요. 어두운 숲에서 걷는 것보다 집에서 기다리는 것이 **나을** 것 같았어요.

수아는 다시 집으로 돌아가서 오래된 침대 위에 앉았어요. 그리고 잠시 기다렸어요. 아무도 오지 않았어요. 갑자기 수아는 부엌에서 나는 소리를 들었어요.

수아는 침대에서 일어나서 천천히 부엌으로 걸어갔어요. **소리를 내지** 않으려고 했어요. 무슨 일인지 보고 싶었어요. 친구들일 수도 있어요. 아니면 엄마일 수도 있어요.

수아는 손전등을 켰어요. 그리고 봤어요. 그 괴물이었어요! 정말 못생겼어요. 그리고 그 괴물은 수아에게 오고 있었어요!

수아는 소리치면서 집에서 도망쳤어요. '사람 살려! 사람 살려!' 수아가 소리쳤어요. 거기에는 아무도 없었어요. 수아는 **최대한** 빨리 뛰었어요. 그렇지만 괴물이 수아보다 빨랐어요. 곧 수아 바로 뒤까지 왔어요. 수아는 괴물을 보기 위해서 뒤로 돌았어요. 그때 수아가 **넘어졌어요.** 너무 무서워서 괴물을 **발로 차기** 시작했어요. 괴물이 수아의 다리를 잡았어요. 수아는 도망칠 수 없었어요!

수아는 계속 싸웠어요. 그런데 갑자기 괴물이 멈추고 일어나서 **손을 내밀었어요.** 그리고 수아가 일어나는 것을 도와주려고 했어요. *무슨 일이야?* 수아는 생각했어요.

그때 수아는 무언가를 봤어요. 수아의 친구들과 가족들이 모두 숲에서 나왔어요. 모두 손전등을 손에 들고 있었는데 손에 다른 것도 들고 있었어요. **초**였어요! 그리고 노래를 불렀어요. 수아가 잘 아는 노래였어요.

그 순간 모든 것이 이해됐어요. 괴물이 **의상을** 벗었어요. 수아의 아버지였어요! '생일 축하해, 수아야!' 아버지가 말씀하셨어요. 그리고 같이 노래를 부르셨어요.

'생일 축하합니다!' 모두가 수아 옆에서 노래를 불렀어요. 수아는 웃어야 할지 울어야 할지 몰랐어요.

'아빠, 아빠가 괴물이었어요?' 수아가 놀라서 물었어요. '어제도요?'

'그래, 우리 딸. 계속 아빠였어. 괴물 **역할**을 하는 동안 즐거웠어!' 아빠가 웃으셨어요. 그리고 말씀하셨어요. '어제 파티를 하려고 계획했어. 그런데 엄마 회사에 중요한 일이 생겼어. 그래서 오늘로 파티를 옮겨야 했어. 태오가 이 좋은 아이디어를 생각했어. **장난을 치자고** 했어. 이틀 동안 너를 이 **오두막집**에 데려오려고 그랬어.'

'정말요? 엄청난 장난이었어요.' 수아가 주변을 둘러보면서 말했어요. '그런데 태오는 어디에 있어요?'

태오가 나무 뒤에서 나왔어요. 태오는 깨끗하고 안전했어요.

'미안해, 수아야.' 태오가 말했어요. '꽤 심한 장난을 쳤어. 그렇지만 **기억에 남을** 생일 파티를 해 주고 싶었어. 그리고 너는 정말 좋은 선물을 받을 거야!'

수아의 아버지가 수아에게 생일 카드를 주셨어요.

'이렇게 놀라게 한 다음에요? 정말 좋은 선물이어야 돼요!' 수아가 웃으면서 말했어요. 수아는 카드를 열어 봤어요. 카드 안에는 종이가 여러 장 있었어요. '이게 뭐예요?' 수아가 주변을 둘러보면서 물었어요.

수아의 친구들과 가족들이 수아를 들어올려서 집 앞으로 데려갔어요. '너를 위해서 이 오래된 집을 샀어, 우리 딸! 이 집이 너의 생일 선물이야!' 수아의 어머니가 말씀하셨어요.

수아의 아버지도 말씀하셨어요. '같이 집을 **수리하자.**' 그리고 또 말씀하셨어요. '여름 **별장**이 될 거야!'

수아가 웃기 시작했어요. 수아는 정말 **안심했어요.** 그래서 갑자기 울기 시작했어요. 태오는 **무사했어요.** 수아도 무사했어요. 그리고 이 이상하고 오래된 오두막집이 수아의 것이에요!

마침내 수아가 다시 말을 할 수 있었어요. '음' 수아가 말했어요. '깜짝 생일 파티를 해 준 여러분, 고마워요. 그리고 엄마, 아빠, 믿을 수 없어요. 이제 이 집이 제 거예요! 고마워요!' 그리고 수아는 아버지와 태오를 봤어요. '아빠, **굉장한 연기**였어요. 그런데 괴물에게 중요한 **조언을 해** 주고 싶어요. 괴물은 **더이상** 파티에서 **환영 받지** 못할 거예요!'

모두 웃었어요. 그리고 노래를 더 불렀어요. 그리고 오두막집 안으로 들어갔어요. 커피와 케이크를 먹을 시간이에요. 그리고 오늘 생일인 수아는 이제 쉴 거예요!

제3장 복습

줄거리

수아는 태오를 찾기 위해서 나무집으로 돌아갔어요. 불이 켜져 있었어요. 수아는 안으로 들어갔어요. 수아의 가족과 친구들이 거기에 있었어요. 모두 태오를 찾기 위해서 왔다고 말했어요. 수아는 이해할 수 없었어요. 친구들은 숲으로 태오를 찾으러 갔어요. 수아는 이런저런 생각을 하다가, 다시 나무집으로 돌아갔어요. 그리고 거기에서 괴물을 봤어요. 괴물은 숲으로 수아를 쫓아 왔어요. 수아는 넘어졌지만, 괴물이 수아가 일어나는 것을 도와줬어요. 괴물은 사실 수아의 아버지였어요. 모두가 장난을 친 것이었어요. 그것은 수아의 깜짝 생일 파티였고, 그 나무 집은 수아를 위한 선물이었어요.

어휘

부르다 to call, to address
잡아가다 to take (someone), to snatch someone away
손전등 electric torch
고개를 젓다 to shake one's head
말이 안 돼! It doesn't make sense! This can't be true!
낫다 to be better, to get better
소리를 내다 to make noise
최대한 as much as possible, maximum
넘어지다 to fall down
발로 차다 to kick
손을 내밀다 to hold out one's hand
초 candle
의상 costume
역할 role
장난을 치다 to play pranks

오두막집 hut, hovel

기억에 남다 to be memorable; something remains in one's memory

수리하다 to mend, to fix, to repair

별장 holiday house

안심하다 to feel relieved

무사하다 to be unharmed, to be safe

굉장하다 to be great, to be amazing

연기 acting

조언을 하다 to give advice

더이상 (not) anymore

환영을 받다 to be welcome

이해도 평가

각 질문에 한 개의 답을 고르세요.

11) 수아가 처음 다시 그 집에 들어갔을 때
    수아는 _____을/를 봤어요.
    a. 태오
    b. 수아의 아버지
    c. 친구들과 가족
    d. 괴물

12) 수아의 엄마와 친구들은 _____로 했어요.
    a. 태오를 찾으러 나가기
    b. 태오의 핸드폰에 전화하기
    c. 호수에서 태오를 찾기
    d. 다시 마을로 돌아가기

13) 수아가 두 번째로 다시 집으로 돌아갔을 때 _____.
    a. 수아는 주방에서 소리가 나는 것을 들었어요
    b. 수아의 핸드폰이 울렸어요
    c. 지아와 서우가 집으로 들어왔어요
    d. 수아는 잠들었어요

14) 그 괴물은 사실 ＿＿＿이었어요/였어요.
    a. 수아의 어머니
    b. 태오
    c. 수아의 아버지
    d. 진짜 곰

15) 수아의 생일 선물은 ＿＿＿이었어요/였어요.
    a. 새 핸드폰
    b. 오래된 나무집
    c. 초
    d. 배낭

기사

제1장 – 금

옛날옛날에 큰 **왕국**이 있었어요. 그 왕국에는 **흥미로운** 사람도 많고, 동물도 많고, 물건도 많았어요. 어느 날, 왕국에 한 명의 **기사**가 왔어요. 그 기사는 검은색과 하얀색 옷을 입고 있었어요. 아주 강해 보였어요.

그 기사는 시장에 갔어요. 필요한 물건이 있었어요. 특별한 물건이었어요.

시장은 정말 컸어요. 사람도 많고 물건도 많았어요. 기사는 천천히 걸어서 시장 **구석**으로 갔어요. 구석은 어두웠어요. 그 곳에 **상인**이 한 명 있었어요. 그 상인은 특이한 물건들을 팔고 있었어요. 기사는 물건들을 보고 상인에게 인사했어요. '안녕하세요.'

'네, 손님.'

'**묘약**을 찾고 있어요. 묘약 있어요?'

'묘약이요? 아니요, 묘약은 없어요.'

기사는 상인의 눈을 봤어요. 그리고 말했어요. '내가 무엇을 원하는지 알고 있잖아요.'

'아, 네. 어…. 어…. 묘약이요… 음… 어떤 묘약이요?'

'**힘**의 묘약이요.'

상인은 주변을 둘러봤어요. 그리고 기사를 봤어요. '여기에는 없어요. 요즘에는 많이 없어요. 그… '물건'은…. 내가 만들어야 돼요. 그렇지만 **재료**를 찾기가 어려워요.' 상인은 말을 멈췄어요. 그리고 다시 주변을 둘러봤어요. '만들어 줄 수 있어요. 그렇지만 비쌀 거예요.'

'난 **금**이 있어요. 힘의 묘약 두 개가 필요해요. 얼마나 걸려요?'

'오늘 저녁에 다시 오세요. 그때까지 준비할게요.'

기사는 **고개를 끄덕이고** 다시 걸어갔어요.

기사는 **광장**으로 갔어요. 사람들이 기사를 봤어요. 사람들은 기사를 몰랐어요. 그렇지만 그 기사는 유명했어요. 기사는 독립 기사였어요. 기사의 이름은 라르스였어요. 라르스는 여러 왕국을 여행하면서 많은 사람들과 싸웠어요. 왕을 위해서 싸운 적도 많았어요.

라르스는 **돌다리**를 건너서 **성문**에 도착했어요. **병사** 두 명이 있었어요. '멈추세요.' 두 병사가 라르스에게 말했어요.

'누구세요?' 병사 한 명이 말했어요.

'제 이름은 라르스입니다. **국왕 전하를** 만나고 싶습니다.'

'안됩니다. 돌아가세요.'

라르스는 두 병사를 봤어요. 그리고 뒤로 조금 갔어요. 그리고 가방을 열었어요. 가방 안에는 특이한 물건들이 많았어요. 라르스는 가방에서 오래된 종이를 꺼내서 병사에게 줬어요.

'이 종이를 보세요. 국왕 전하께서 쓰신 것입니다.' 라르스가 말했어요.

병사는 종이를 봤어요. **공식적인** 종이처럼 보였어요. 왕의 **도장**도 있었어요.

'좋아요. 들어가세요.' 병사가 말했어요.

기사는 큰 방에 들어가서 기다렸어요. 방은 매우 크고 아름다웠어요. 그 방에는 병사가 많이 있었어요. 병사들은 모두 기사를 **의심스럽게** 봤어요. *왜 기사가 여기에 왔을까?* 병사들은 궁금했어요.

곧 왕이 방에 들어왔어요. 왕의 이름은 앤더르였어요. 왕은 보라색 옷을 입고 있었어요. 보라색은 왕의 색깔이었어요. 목과 팔 주변은 금색이었어요.

'당신이 라르스입니까?' 왕이 물었어요.

'네, 그렇습니다.' 라르스가 대답했어요. 그리고 종이를 보여줬어요. '전하와 이야기하고 싶습니다.'

'이쪽으로 오세요.' 왕이 말했어요.

왕과 라르스는 작은 방으로 들어갔어요. 두 사람은 의자에 앉았어요. 왕은 라르스에게 차가운 음료수를 줬어요. 라르스는 음료수를 받았어요.

'와 줘서 고마워요.' 왕이 라르스에게 말했어요. '내 편지를 봤군요.'

'네, 도움이 필요하시다고 들었습니다.'

'정확히 무슨 이야기를 들었어요?'

'많은 금을 전하의 동생 아더렌 왕에게 보내신다고 들었습니다. 그래서 믿을 수 있는 사람이 필요하시다고 들었습니다. 저를 믿으셔도 됩니다.'

왕은 잠시 생각했어요. 그리고 말했어요. '내가 왜 당신을 믿어야 돼요?'

'옛날에 전하를 위해 일한 적이 있습니다. 이번에도 전하를 **배신하지** 않을 것입니다.'

'**전쟁**과 금은 달라요. 금을 정말 많이 보내야 돼요.'

'저는 금이 필요하지 않습니다. 저도 금이 있습니다.'

'그렇다면 왜 이 일을 하려고 해요?'

'저는 새로운 일을 하면서 여행하는 것을 좋아합니다.'

왕은 잠시 생각했어요. 그리고 기사를 의심스럽게 봤어요. 기사가 미소를 지었어요. 잠시 후 왕이 말했어요.

'좋아요, 라르스, 이 금을 내 동생에게 가져다주세요.'

'고맙습니다, 전하.'

'아직은 고맙다고 말하지 말아요. 먼저 동생이 금을 받아야 돼요. 동생이 금을 받은 것을 내가 확인하면 그때 당신에게 금을 줄 거예요.'

라르스는 성을 나왔어요. 그리고 병사에게 갔어요. 병사 한 명이 소리쳤어요. '다시 나왔군요! 방금 들었어요. 아더렌 왕국에 금을 가져다줘요?'

'네.'

'조심히 가세요!' 병사 한 명이 웃었어요. '위험한 일이 많을 거예요. 아더렌 왕국까지 가지 못 할 거예요!' 병사들이 모두 웃었어요. 그리고 병사 한 명이 다른 병사들에게 **진지하게** 말했어요. '금을 준비해. 기사는 내일 떠날 거야.'

이제 저녁이 되었어요. 기사는 시장으로 갔어요. 그리고 그 상인을 찾았어요. '묘약을 만들었어요?'

'네, 여기에 있어요. 쉽지 않았어요! 그리고 재료도 많이 비쌌어요. 금 여섯 개를 주세요.'

기사가 놀라서 상인을 봤어요. 그리고 상인에게 금을 줬어요. 상인은 기사에게 묘약을 줬어요. '고맙습니다, 손님. 좋은 하루 보내세요.' 상인이 말했어요.

기사는 대답하지 않고 그냥 갔어요.

다음 날, 세 명의 병사가 라르스를 만났어요. 세 명의 병사는 라르스와 같이 갈 거예요. 병사들은 **무기를** 가지고 있었어요. 위험한 일이 생기면 **언제든지** 싸울 거예요.

네 사람은 **북쪽** 길로 갈 거예요. 그 길은 아더렌 왕국으로 가는 길이에요.

그 길에는 말과 금이 준비돼 있었어요.

병사들 **대장**의 이름은 알프레드였어요. 알프레드는 라르스에게 물었어요. '준비됐습니까?'

'네, 출발합시다.'

'출발하기 전에 할 말이 있어요. 우리는 왕국 최고의 병사들이에요. 우리는 이번 여행에서 당신을 **지킬** 것입니다. 그렇지만 금은 당신의 것이 아닙니다. 만약 당신이 금을 **훔치려고** 하면 당신을 **죽일** 것입니다.' 알프레드가 말했어요.

'그렇군요.' 라르스는 미소를 지으면서 말했어요.

알프레드는 라르스의 눈을 봤어요. '저는 진심입니다.'

'이해합니다. 이제 갑시다.'

금은 마차 뒤에 있었어요. 라르스는 가방을 보면서 미소를 지었어요. 말이 움직였어요. 라르스와 병사들은 천천히 출발했어요.

제1장 복습

줄거리

라르스는 앤더르 왕의 왕국으로 여행했어요. 라르스는 힘의 묘약을 두 개 샀어요. 라르스는 성으로 가서 왕과 이야기했어요. 라르스는 왕의 동생에게 금을 가져다 줄 거예요. 세 명의 병사가 기사와 같이 갈 거예요. 병사들은 금을 안전하게 지킬 거예요. 라르스가 금을 훔치려고 하면 라르스를 죽일 거예요. 네 사람은 여행을 시작했어요.

어휘

왕국 kingdom

흥미롭다 to be interesting

기사 knight

구석 corner

상인 trader, merchant

묘약 magic potion, elixir

힘 strength, energy, force

재료 ingredient

금 gold

고개를 끄덕이다 to nod

광장 square, plaza

돌다리 stone bridge

성 castle

병사 solider

국왕 king (of a country)

전하 your highness (usually for the king)

공식적인 official (adj.)

도장 stamp, seal

의심스럽다 to be suspicious, to be doubtful

배신하다 to betray

전쟁 war

진지하다 to be serious, to mean business
무기 weapon
언제든지 whenever
북쪽 north
대장 captain
지키다 to protect, to guard
훔치다 to steal
죽이다 to kill, to murder cf. 죽다

이해도 평가

각 질문에 한 개의 답을 고르세요.

1) 라르스는 _____ 옷을 입었어요.
   a. 검은색과 빨간색
   b. 검은색과 하얀색
   c. 검은색과 파란색
   d. 하얀색과 빨간색

2) 라르스는 _____를 샀어요.
   a. 힘의 묘약 한 개
   b. 힘의 묘약 두 개
   c. 금을 얻기 위한 묘약 한 개
   d. 금을 얻기 위한 묘약 두 개

3) 성문에서 라르스는 _____에게 말했어요.
   a. 왕
   b. 화난 상인
   c. 왕의 동생
   d. 병사

4) 라르스와 병사들은 ____을/를 옮길 거예요.
   a. 무기
   b. 비싼 묘약
   c. 금
   d. 병사

5) 네 사람은 ____에 갈 거예요.
   a. 모르는 왕국
   b. 앤더르 왕의 동생의 왕국
   c. 앤더르 왕의 왕국
   d. 왕국의 시장

제2장 – 긴 여행

라르스와 병사들은 길을 따라 걸었어요. 네 사람의 뒤에는 말과 **마차**가 있었어요. 잠시 후 대장 병사인 알프레드가 말했어요. '기사님, 이 길에는 무엇이 있습니까?'

'이 길로 가는 것은 쉽지 않을 거예요. 아주 위험해요.' 라르스가 대답했어요.

'그러면 어떡해요?'

'음, 이 길에는 위험한 사람도 있고 동물도 있어요. 위험한 사람과 동물 근처에 가지 마세요. **싸움**은 **피하고** 싶어요.'

'당신은 싸움을 잘합니까?'

'나의 싸움 **기술**은 유명해요. 난 싸움을 아주 잘합니다.'

'그 말이 사실이기를 바랍니다.'

네 사람은 계속 걸었어요. 곧 큰 돌다리에 도착했어요. 앤더르 왕의 성에 있는 돌다리와 비슷했어요.

'기사님, 이 다리는 우리 성의 돌다리와 비슷하군요!'

'네, 당신들이 옛날에 만들었어요.'

'우리가요?' 알프레드는 놀라서 물었어요.

'당신 왕국의 사람들이 만들었어요. 옛날에 만들었어요. 이 다리를 만든 이유가 있어요. 그렇지만 지금은 그 이유를 말해 주지 않을 거예요.'

네 사람은 **다리를 건넜어요**. 그리고 큰 숲으로 걸어갔어요. 나무가 많았어요. 그렇지만 동물은 없었어요. 사실 숲은 아주 조용했어요.

'숲이 왜 이렇게 조용합니까?' 알프레드가 물었어요.

'우리는 지금 **침묵**의 숲에 있어요. 이 숲에는 동물이 없어요.' 알프레드가 대답했어요.

'왜 없어요?'

'옛날에 이 곳에서 큰 싸움이 있었어요. 앤더르 왕과 아더렌 왕이 **싸웠어요**.'

알프레드는 어려서 이 싸움에 대해서 몰랐어요. 알프레드는 앤더르 왕과 아더렌 왕이 서로를 믿고 있다고 생각했어요.

'놀랐어요?' 라르스가 물었어요.

'네, 놀랐어요.' 알프레드가 대답했어요.

'왜요?' 라르스가 물었어요.

'두 분이 싸운 적이 없다고 생각했어요.'

라르스가 웃었어요. '아, 그렇군요. 음, 두 분이 싸웠어요. 그렇지만 옛날 일이에요.' 라르스는 말을 멈췄어요. 네 사람은 다시 걸었어요.

침묵의 숲은 매우 어두웠어요. 나무들이 키가 커서 **햇빛**이 거의 없었어요.

잠시 후 알프레드가 물었어요. '길을 알아요?'

'알아요. 여기에 온 적이 있어요.'

'언제요?' 알프레드가 물었어요.

'옛날에요.' 라르스가 옛날 일을 생각했어요. 앤더르 왕과 아더렌 왕의 싸움을요. 정말 큰 싸움이었어요. 그 싸움 전에 이 숲의 이름은 '동물의 숲'이었어요. 그렇지만 그 싸움 후에 '침묵의 숲'이 됐어요.

라르스는 계속 이야기했어요. '젊었을 때 나는 앤더르 왕을 위해서 싸웠어요. 이 숲에서 싸웠어요.'

'왜 싸웠어요?'

'앤더르 왕이 싸움을 시작했어요.'

'왜 싸움을 시작했어요?'
'앤더르 왕은 이 숲의 **분수**를 원했어요.'

라르스는 몇 분 동안 조용했어요. 알프레드도 조용히 생각했어요. 알프레드는 그 싸움에 대해서 더 알고 싶었어요. 알프레드는 항상 앤더르 왕이 **평화로운** 왕이라고 생각했어요.
'질문을 해도 돼요?' 알프레드가 물었어요.
'네.'
'어떤 분수예요?'
'곧 볼 거예요.' 라르스는 더이상 말하지 않았어요.

라르스와 알프레드는 한 시간 동안 조용했어요. 다른 병사들은 **가끔씩** 조용히 말했어요. 나무와 침묵만 있었어요. 네 사람은 호수에 도착했어요. '다 왔어요.' 기사가 말했어요.
'여기가 어디예요?'
'이 호수는 옛날에 분수였어요.'
'그 분수요?'
'네.'

병사들과 기사는 호수로 걸어갔어요. 라르스가 마침내 말했어요. '옛날에는 이 곳에 분수가 있었어요. 물은 많이 없었어요. 지금하고 달랐어요. 그렇지만 옛날의 물은 **마법**의 물이었어요. 그 물을 마시면 특별한 힘을 가질 수 있었어요.'
'어떤 힘이요?' 병사 중 한 명이 물었어요.
'그 물을 마시면 아주 강해져요.'
알프레드는 손으로 물을 마셨어요.
'보통 물 맛이에요.' 알프레드가 말했어요.

'물론이죠. 지금은 보통의 물이에요. 옛날에만 마법의 물이었어요.' 라르스가 대답했어요.

알프레드가 손을 닦고 물었어요. '그래서 무슨 일이 있었어요? 왜 지금은 마법의 물이 아니에요?'

라르스는 알프레드를 보고 이야기했어요. '앤더르 왕과 아더렌 왕 모두 힘을 원했어요. 두 사람 모두 힘을 위해서는 **무엇이든** 할 수 있었어요. 어느 날 두 사람은 마법의 분수에 대해서 들었어요. 사람들이 강해지는 분수요. 두 사람은 그 분수를 원했어요. 그래서 숲으로 갔어요. 두 사람은 분수에서 만나서 싸우기 시작했어요.'

'두 사람이 뭘 했어요?' 알프레드가 물었어요.

'두 왕은 병사들을 불렀어요. 그리고 여러 달 동안 싸웠어요. 싸울 때 두 왕은 분수의 물을 최대한 많이 마셨어요. 싸움에서 이기기 위해서 강해지고 싶었어요. 두 왕의 말도 물 속에서 걸었어요. 두 왕은 분수의 물로 목욕도 했어요. 곧 물이 더러워졌어요. 더이상 쓸 수 없었어요.'

라르스는 병사들을 쳐다봤어요. '그리고 곧 물이 없어졌어요. 그리고 비가 와서 호수가 됐어요. 그렇지만 더이상 마법의 물이 아니었어요.'

알프레드가 라르스를 봤어요. '그래서 마법의 물이 없어졌어요?'

'아니요.' 라르스가 대답했어요. 그리고 알프레드를 **심각하게** 쳐다봤어요. '아더렌 왕은 마법의 물을 조금 **숨겼어요.** 아더렌 왕은 **비밀**을 알고 있어요. 마법의 물을 만들 수 있어요. 마법의 물을 만들려면 **원래** 분수의 마법의 물이 있어야 돼요. 그리고 시간이 필요해요. 원래 분수의 마법의 물과 시간이 있으면 마법의 물을 만들 수 있어요.'

'그게 비밀이군요…' 알프레드가 말했어요.

'첫 번째 비밀이에요. 이제 갑시다.'

네 사람은 계속 걸었어요. 그리고 곧 숲에서 나왔어요. 이제 해가 보였어요. 숲 밖의 나무들은 숲속의 나무들보다 크지 않았어요. **시골 풍경**이 아름다웠어요.

'우리, 지금 어디에 있어요?' 알프레드가 물었어요.

'아더렌 왕의 성 근처에 있어요. 숲에서 위험한 것을 안 만나서 **다행이에요.**'

알프레드는 라르스를 봤어요. '저 숲에 정말 위험한 것들이 있어요?'

라르스도 알프레드를 봤어요. '네, 있어요. 우리는 낮에 여행했잖아요. 위험한 것들은 보통 밤에 나와요.'

'우리에게 왜 말을 안 했어요?'

'내가 말하면 같이 안 올 것 같아서요.' 라르스가 말했어요. 그리고 웃었어요. '이제 갑시다.'

네 사람은 곧 마을에 도착했어요. 마을 안에 큰 성이 있었어요. 병사들은 다른 왕국에 온 적이 없었어요.

'여기예요?' 알프레드가 물었어요.

'네, 여기가 아더렌 왕국이에요. 그리고 저기 성이 있어요. 우리는 저기에 금을 가져다줘야 해요.'

알프레드가 물었어요. '기사님, 아직 물어보지 못한 것이 있어요.'

'뭐예요?'

'왜 앤더르 왕이 이 금을 아더렌 왕에게 줘요? **세금**이에요?'

'앤더르 왕이 싸움에서 졌어요. 그래서 5년에 한 번 동생에게 금을 줘야 해요.'

'왜 줘야 돼요? **화해하면** 안 돼요?'

'화해했어요. 그렇지만 앤더르 왕이 가지고 있지 않은 것을 아더렌 왕이 가지고 있어요. 앤더르 왕이 아더렌 왕에게서 사야 돼요.'

알프레드가 놀라서 라르스를 봤어요. '그게 뭐예요?'

'마법의 물이요. 앤더르 왕은 **백성**들을 위해서 마법의 물을 사요. 사람들이 마법의 물로 힘의 묘약을 만들어요. 여기에 힘의 묘약이 두 개 있어요.' 라르스가 묘약을 꺼냈어요.

'힘의 묘약에 대해서 들은 적이 있어요! 이 약을 먹으면 정말 강해져요?'

'네.' 라르스가 말했어요. 라르스는 힘의 묘약을 가방에 넣고 알프레드를 봤어요. '그렇지만 진짜 마법의 물로 만들어야 돼요. 이제 갑시다.'

제2장 복습

줄거리

라르스와 앤더르 왕의 병사들은 여행을 시작했어요. 가는 길에 기사가 옛날 이야기를 해줬어요. 앤더르 왕과 아더렌 왕은 모두 마법의 물을 원했어요. 그래서 침묵의 숲에서 싸웠어요. 마법의 물을 마시면 힘이 세졌어요. 전쟁을 하면서 두 왕은 마법의 물을 다 썼어요. 그렇지만 아더렌 왕은 아직도 마법의 물을 가지고 있었어요. 아더렌 왕은 그 물을 앤더르 왕에게 팔고 있었어요. 앤더르 왕은 마법의 물을 사기 위해서 아더렌 왕에게 금을 보냈어요.

어휘

마차 wagon, carriage

싸움 fight, brawl

피하다 to avoid

기술 skill, technique

다리를 건너다 to cross a bridge

침묵 silence

싸우다 to fight

햇빛 sunshine

분수 fountain

평화롭다 to be peaceful

가끔씩 sometimes, every now and then

마법 magic, witchcraft

무엇이든 anything, whatever, everything

심각하다 to be serious, to be grave, to be severe

숨기다 to hide (something/someone) cf. 숨다

비밀 secret

원래 originally, in the first place; one's original status or condition

시골 countryside, rural area
풍경 scenery
다행이다 to be fortunate
세금 tax
화해하다 to reconcile, to make up with (someone)
백성 subjects, the people

이해도 평가

각 질문에 한 개의 답을 고르세요.

6) 라르스는 _____.
   a. 아더렌의 왕국으로 가는 길을 알아요
   b. 아더렌의 왕국으로 가는 길을 몰라요
   c. 아더렌의 왕국으로 가는 길을 물었어요
   d. 아더렌의 왕국으로 가는 길을 잃었어요

7) _____는 아더렌 왕의 왕국으로 갔어요.
   a. 세 명의 병사와 라르스
   b. 두 명의 병사와 라르스
   c. 한 명의 병사와 라르스
   d. 혼자서 라르스

8) 옛날에 침묵의 숲에서 _____.
   a. 아무 일도 없었어요
   b. 두 형제가 싸웠어요
   c. 동물이 사람들을 공격했어요
   d. 라르스가 여행했어요

9) 침묵의 숲에 있는 분수는 ____.
   a. 지금도 있어요
   b. 있었던 적이 없어요
   c. 이제 없어요
   d. 언제나 호수였어요

10) 침묵의 숲을 떠난 후에 네 사람은 ____.
   a. 두 번째 숲을 봤어요
   b. 바다를 봤어요
   c. 앤더르 왕의 왕국으로 돌아가기로 했어요
   d. 아더렌 왕의 왕국을 봤어요

제3장 – 비밀

라르스와 알프레드, 그리고 병사들은 아더렌 왕의 성으로 걸어갔어요.

'어떻게 성에 들어가요?' 알프레드가 물었어요.

'앞문으로요.' 라르스가 말하고 크게 웃었어요. 그리고 알프레드를 이상하게 봤어요.

알프레드는 조용히 라르스를 봤어요. *무언가 이상해.* 알프레드가 생각했어요.

네 사람은 시골길을 걸어갔어요. 나무와 **들판**이 있었어요. 들판에는 **풀**이 많았어요. 주변에 **농부들**이 많았어요. 농부들은 성 밖에 살면서 **농사를 지었어요.**

농부 한 명이 네 사람을 봤어요. 네 사람은 그 농부의 **밭** 근처에 있었어요. 농부가 라르스에게 인사했어요. '안녕하세요!'

'안녕하세요.' 라르스도 말했어요.

'어디에 가세요?'

'성에 가요. 왕을 만나야 돼요.'

농부의 **아내**가 왔어요. '이 사람들은 누구예요?' 아내가 농부에게 **속삭였어요.** 농부는 대답하지 않았어요.

잠시 후 농부가 물었어요. '그런데 누구세요? 말 위에 무언가 있군요.'

'앤더르 왕이 우리를 보내셨어요. 아주 중요한 일이에요.'

농부는 조용했어요. 그리고 말했어요. '이곳에 올 때 위험한 일은 없었어요?' 농부는 걱정스럽게 라르스를 봤어요.

'없었어요. 걱정하지 마세요.' 라르스가 미소를 지으면서 대답했어요. '괜찮아요.'

'그럼, 조심히 가세요.' 농부가 말하고 다시 일을 했어요.

네 사람은 계속 걸었어요. 알프레드가 라르스에게 말했어요. '사람들이 기사님을 무서워하는 것 같았어요.'

'네, 맞아요.'

'왜요?'

'이 왕국 사람들에게는 비밀이 있어요. 이 왕국 사람들만 비밀을 알아요. 그리고 다른 사람들이 그 비밀을 아는 것을 원하지 않아요.'

'그 비밀이 뭐예요? 위험한 비밀이에요?'

라르스는 대답하지 않았어요.

잠시 후 네 사람은 큰 돌다리에 도착했어요. 이 돌다리도 앤더르 왕의 성에 있는 다리와 비슷했어요. 다리 위에 두 명의 병사가 있었어요. 한 명이 이쪽으로 왔어요. 그 사람은 알프레드를 보고 물었어요. '앤더르 왕께서 보냈습니까?'

'네, 앤더르 왕국을 **대표해서** 왔어요.' 알프레드가 대답했어요. 그리고 라르스를 가리켰어요. '이 기사님이 우리를 안전하게 지켜 줬어요. 우리는 앤더르 왕국의 병사들입니다.'

아더렌 왕국의 병사가 마차를 보고 물었어요. '이것이 금입니까?'

'네, 금입니다.' 라르스가 대답했어요.

'좋아요. 가세요.' 병사가 말했어요.

알프레드가 놀라서 라르스를 봤어요. *이 기사는 아더렌 왕국의 사람들을 잘 아는 것 같아.* 알프레드는 생각했어요.

병사들이 문을 열었어요. 네 사람은 성 안의 시장으로 들어갔어요. 시장 안에는 사람들이 많았어요. **대부분** 상인들이었어요. 농부들도 있었어요.

네 사람은 시장으로 걸어갔어요. 갑자기 알프레드는 **혼란스러웠어요.** '저, 이 곳을 알아요.' 알프레드가 말했어요.

'앤더르 왕국의 시장과 비슷해요.' 라르스가 말했어요. '네, **거의 똑같아요!**'

'오래 전 두 왕국은 하나였어요. 그래서 비슷해요. 두 왕이 싸우기 전이었어요. 지금은 **교류**가 없어요. 두 왕국의 사람들은 **서로**를 안 좋아해요.'

말과 마차가 성문 앞에 도착했어요. 성도 앤더르 왕의 성과 아주 비슷했어요. 사실, **구조**가 완전히 똑같았어요.

두 병사들이 금을 마차에서 내렸어요. 라르스와 알프레드는 아더렌 왕을 만나러 갔어요. 두 사람은 왕의 방에 들어갔어요.

아더렌 왕이 외쳤어요. '내 왕국에 온 것을 환영해요!'
'안녕하십니까, 전하.' 라르스가 대답했어요.
'라르스, 정말 당신이군요! 다시 만나서 기뻐요.'
'저도 기쁩니다, 전하.'
알프레드는 전혀 이해할 수 없었어요. *어떻게 기사와 아더렌 왕이 서로를 알아?*
'금을 가져왔어요?'
'네, 여기 있습니다.'
'좋아요. 그럼 **계획**을 시작해 봅시다.'
알프레드는 놀랐어요. *무슨 계획?*

라르스는 힘의 묘약을 꺼냈어요. 그 묘약은 앤더르 왕국에서 가져온 묘약이었어요. 라르스는 묘약을 아더렌 왕에게 줬어요. 아더렌 왕은 묘약을 봤어요.

'무슨 일이에요?' 알프레드가 물었어요.

라르스와 아더렌이 서로를 봤어요. 그리고 라르스가 알프레드에게 말했어요. '이야기할 것이 있어요.' 그리고 이야기를 시작했어요.

알프레드는 조금 뒤로 갔어요. 무서웠어요. *어떻게 아더렌 왕과 라르스가 서로를 알아? 왜 라르스는 힘의 묘약을 산 거야? 아더렌 왕은 마법의 물을 가지고 있는데. 아더렌 왕은 힘의 묘약을 직접 만들 수 있는데!*

라르스가 알프레드에게 걸어갔어요. 그리고 말했어요. '이 왕국에서 마법의 물은 오래 전에 없어졌어요.'

'네? 앤더르 왕도 그것을 아세요?'

'아니요, 모르세요.'

'앤더르 왕에게 말씀 드려야 돼요!' 라르스는 알프레드를 봤어요. 알프레드도 의심스럽게 라르스를 봤어요. '왜 힘의 묘약을 아더렌 왕에게 드렸어요? 앤더르 왕을 배신하는 거예요?'

'이게 마지막 힘의 묘약이에요. 이제 더이상 마법의 물은 없어요. 이해했어요?'

알프레드가 고개를 끄덕였어요.

'마법의 물을 만드는 게 가능할 수도 있어요. 마법의 물 **대신에** 이 묘약을 쓸 거예요. 언제나 마법의 물을 써서 만들었어요 그렇지만 묘약으로 만드는 것도 가능할 수도 있어요. 가능하기를 바라고 있어요.'

알프레드는 화가 났어요. '우리는 있지도 않은 물건에 금을 낸 거예요? 당신은 나를 배신했어요! 그리고 앤더르 왕을 배신했어요!'

'네, 거짓말을 했어요. 그렇지만 **평화를 지키려고** 거짓말을 했어요.' 라르스가 말했어요. '또 싸우고 싶지 않아요.' 라르스는 알프레드를 봤어요. 알프레드가 이해해 주기를 바랐어요.

'어떻게 평화를 지켜요? 마법의 물은 더이상 없어요. 지금은 이 비밀을 아무도 몰라요. 그렇지만 곧 사람들이 알게 될 거예요. 앤더르 왕도 당신이 금을 훔친 것을 알게 될 거예요.'

라르스는 진지하게 말했어요. '앤더르 왕이 마법의 물이 없다는 것을 알면 안 돼요. 전쟁이 시작될 거예요. 앤더르 왕이 아더렌 왕을 **공격할** 거예요.' 알프레드가 말했어요. 그리고 물었어요.

'그러면 앤더르 왕을 위해서 묘약으로 마법의 물을 만드는 거예요?'

'네, 평화를 지키기 위해서요. 가능하면요.' 라르스가 말했어요.

그 말을 듣고 알프레드가 다시 라르스를 의심스럽게 봤어요. "가능하면'요?'

라르스가 알프레드를 봤어요. 그리고 천천히 말했어요. '항상 마법의 물로 새 마법의 물을 만들었어요. 마법의 물을 보통 물과 **섞어서요**. 그러면 보통 물이 마법의 물이 돼요. 그렇지만 더이상 마법의 물이 없어요.'

'그래서요?'

'해 볼 거예요.'

'무엇을요?'

'이 묘약으로 마법의 물을 만들 거예요. 이 묘약 안에는 마법의 물이 있어요. 이 묘약을 보통 물과 섞을 거예요. 그러면 보통 물이 마법의 물이 될 거예요. **아마도.**'

'아마도? 아마도?' 알프레드가 소리쳤어요. '만약에 안 되면요? 더이상 마법의 물은 없잖아요!'

라르스는 조용했어요. 잠시 후 아더렌 왕이 대답했어요. '만약 묘약으로 마법의 물을 만들 수 없으면 또 침묵의 숲에서 싸워야 될 거예요.' 전쟁이 시작될 거예요.

제3장 복습

줄거리

라르스와 병사들은 아더렌 왕의 왕국에 도착했어요.
라르스와 아더렌 왕은 서로를 아는 것 같았어요. 기사는
아더렌 왕에게 힘의 묘약 두 개를 줬어요. 그리고 라르스는
알프레드에게 큰 비밀을 말해 줬어요. 아더렌 왕은 더이상
마법의 물을 가지고 있지 않았어요. 아더렌 왕과 라르스는
라르스가 가져온 묘약으로 마법의 물을 더 만들 거예요.
아더렌 왕은 만약에 마법의 물을 더이상 만들 수 없으면
전쟁이 시작될 거라고 했어요.

어휘

들판 grass field (**풀** grass, **밭** field)
농사를 짓다 to farm (**농부** farmer)
아내 wife
속삭이다 to whisper
대표하다 to represent
대부분 mostly, largely, a majority
혼란스럽다 to be confused; to be confusing
거의 almost
똑같다 to be the same
교류 exchange
서로 each other
구조 structure
계획 plan
직접 on one's own, first-hand, directly
대신에 instead of
평화를 지키다 to preserve peace
공격하다 to attack
섞다 to mix
아마도 perhaps, maybe, possibly

이해도 평가

각 질문에 한 개의 답을 고르세요.

11) 아더렌의 왕국에서 ____이/가 먼저 라르스와 병사들에게
    말을 했어요
    a. 왕
    b. 병사
    c. 농부
    d. 농부의 부인

12) 아더렌 왕국의 성 안은 ____.
    a. 앤더르 왕의 성과 달랐어요
    b. 앤더르 왕의 성과 비슷했어요
    c. 어두웠어요
    d. 마법의 분수가 있었어요

13) 라르스와 아더렌 왕은 ____.
    a. 싸웠어요
    b. 서로를 몰랐어요
    c. 서로를 알았어요
    d. 앤더르 왕을 위해서 일했어요

14) 라르스는 아더렌 왕에게 ____을/를 줬어요.
    a. 무기
    b. 힘의 묘약 한 개
    c. 힘의 묘약 두 개
    d. 마법의 물

15) 아더렌 왕국의 비밀은 ____이에요.
    a. 왕국에 더이상 마법의 물이 없는 것
    b. 앤더르 왕이 아더렌 왕을 공격할 것
    c. 라르스가 아더렌 왕이라는 것
    d. 금이 진짜가 아닌 것

시계

.

제1장 – 전설

칼은 **시계 기술자**였어요. 40 대였고 결혼하지 않았어요.
칼의 부모님은 런던에서 살았어요. 칼은 영국의 **남서부**,
펜잔스의 조용한 거리에서 혼자 살았어요. 칼의 작은
집은 바닷가 옆에 있었어요.

　칼은 키가 크고 **날씬했어요**. 그렇지만 **힘은 셌어요**.
칼은 **작업장**을 가지고 있었어요. 작업장에서 시계를
고쳤어요. 그리고 좋은 시계를 만들었어요. 다른 일도
많이 했어요.

　칼은 일을 많이 했어요. 보통 늦은 시간까지 일했어요.
칼의 작업장은 이스턴 그린 **해변** 근처에 있었어요. 일이
끝난 후에 칼은 자주 해변에 가서 운동을 했어요.

　어느 날 밤 칼은 해변에서 옛날 친구를 만났어요.
그 친구의 이름은 수잔이에요.
　'칼, 잘 지내?'
　'수잔, 안녕. 여기에서 뭐 해?'
　'산책하고 있어. 너처럼.' 수잔이 웃었어요.
　'그렇구나. 그러면 같이 산책하자!'

　칼과 수잔은 오랫동안 산책을 했어요. 이야기도
많이 했어요. 일과 가족에 대해서 이야기했어요. 다른
것들에 대해서도 이야기를 했어요. 걸어가면서 수잔이
물었어요. '일은 어때? 일이 많아?'
　'응, 일이 많아. 아주 행복해.'

‘다행이야! 칼.’

수잔은 **보안 요원**이었어요. 수잔은 해변 근처의 배를 봤어요. 수잔도 보안 요원 일을 좋아해요. 수잔은 해변에서 재미있는 것들을 많이 봤어요. 사실 오늘 **주운** 것이 있었어요.

‘칼, 사실 너를 만나고 싶었어.’ 수잔이 말했어요.

‘정말?’ 칼이 대답했어요.

‘응. 내가 물건을 하나 주웠어. 그런데 어떻게 해야 될지 모르겠어.’

‘뭘 주웠어?’

수잔이 시계를 한 개 꺼냈어요. 아주 오래된 시계였어요. 그렇지만 아주 좋은 시계였어요. ‘이게 어떤 시계야?’

‘한번 볼게.’ 칼이 말했어요.

칼은 시계를 받았어요. 그리고 자세히 봤어요. ‘잘 모르겠어.’ 칼이 말했어요.

수잔은 놀랐어요. ‘아무것도 모르겠어?’

‘글쎄, 시계야. 아주 오래된 시계. 그렇지만 잘 모르겠어…’ 칼은 수잔을 봤어요. ‘수잔, 지금 일하러 가야 돼?’

‘아니.’

‘내 작업장으로 가자. 책을 보면 이 시계에 대해서 알 수도 있을 거야.’

칼과 수잔은 칼의 작업장에 갔어요. 작업장은 아주 오래됐어요. 작업장 안에는 **도구**도 많고 시계도 많았어요.

수잔은 칼의 작업장에 처음 와 봤어요. 칼의 작업장은 흥미로웠어요. ‘와, 정말 물건이 많아!’ 수잔이 말했어요.

‘응, 일이 많아서. 나는 지금 하는 일이 좋아.’

‘다행이야, 칼!’

칼이 수잔에게 **따라오**라고 했어요. 수잔은 시계를 탁자에 놓고 다른 방으로 갔어요. 책이 많이 있었어요. 칼의 책들은 아주 크고 아주 오래됐어요. 너무 오래돼서 제목을 읽을 수 없었어요.

'우리 지금 뭐 하고 있어?' 수잔이 물었어요.

'**정보**를 찾고 있어.' 칼이 대답했어요.

'무슨 정보?'

'이 시계에 대한 정보. 이런 시계는 본 적이 없어.'

칼과 수잔은 책을 찾아봤어요. 몇 분 뒤 수잔이 책을 한 권 찾았어요. **카리브해**에 대한 책이었어요. '칼, 여기 좀 봐!' 수잔이 소리쳤어요.

칼이 수잔에게 갔어요. '왜?'

'그 시계 사진이야! **해적**에 대한 책에 이 시계 사진이 있어!'

칼은 정말 놀랐어요. *해적에 대한 책에? 왜 해적에 대한 책에 이 시계 사진이 있을까? 이해가 안 돼.*

수잔이 설명했어요. '이 책의 제목은 '카리브해의 해적'이야. 영국과 카리브해의 해적에 대한 책이야.'

'난 아직도 모르겠어. 그래서 이 시계는 무슨 시계야?'

'봐, 이 책에 이렇게 쓰여져 있어. 옛날에 유명한 해적이 있었어. 그 해적의 이름은 에릭 엘 크라켄이었어. 그 사람은 아주 특별한 시계를 가지고 있었어. 이상한 힘이 있는 시계였어.'

'이상한 힘? 어떤 이상한 힘?' 칼이 물었어요.

'엘 크라켄은 시간을 여행할 수 있었어.' 수잔이 책을 계속 읽었어요. '엘 크라켄은 시계 덕분에 시간 여행을 할 수 있었어!'

그때 작업장에서 소리가 났어요.

'뭐야?' 칼이 물었어요.

'모르겠어. 가서 보자!' 수잔이 대답했어요.

두 사람은 다시 작업장으로 갔어요. 그리고 주변을 둘러봤어요. 시계가 없었어요! '시계가 없어졌어!' 칼이 소리쳤어요.

'그 책이 맞아! 그 시계는 특별해. 보통 시계가 아니야!' 수잔이 말했어요.

그때 칼이 문을 봤어요. 작업장 문이 열려 있었어요. 그리고 칼은 밖에서 나는 소리를 들었어요. 남자가 밖에서 뛰어가고 있었어요.

칼이 수잔을 보고 소리쳤어요. '가자!'

칼과 수잔은 뛰어갔어요. 두 사람은 해변으로 갔어요. 해변에 도착했을 때 칼이 바닥을 봤어요. **모래**에 발자국이 있었어요. 아주 깊고 큰 발자국이었어요. 몸이 큰 남자의 발자국처럼요.

갑자기 수잔이 멈췄어요. 수잔은 검은색 옷을 입은 큰 남자를 가리켰어요. 그 남자는 해변을 뛰어가고 있었어요. '저기 봐, 칼! 저기에 있어!' 수잔이 소리쳤어요.

칼이 남자를 쫓아가면서 소리쳤어요. '거기 서! 멈춰!' 그 남자는 칼을 **무시하고** 계속 뛰어갔어요. 칼이 다시 소리쳤어요. '거기 서! 거기 서!'

남자는 계속 칼을 무시했어요. 그래서 칼은 더 빨리 뛰었어요. 결국 칼은 남자를 **잡았어요**. 칼이 남자를 **밀었어요**. 그리고 칼과 남자는 넘어졌어요.

남자는 크게 소리쳤어요. '놓아! 나는 아무것도 하지 않았어! 이건 내 시계야!'

칼이 일어났어요. 그리고 남자를 봤어요. 그 남자는 정말 특이했어요. 남자는 옛날 옷을 입고 있었어요.

아주아주 오래된 스타일이었어요. 몇 백 년 전 스타일이었어요. 머리 스타일도 이상했어요. 머리도 아주 옛날 스타일이었어요.

칼과 수잔이 남자를 봤어요. 그 남자는 조심스럽게 일어났어요. 그리고 옷에서 **먼지를 털었어요**. 남자의 오른쪽 손에 시계가 있었어요. 그 남자는 두 사람을 의심스럽게 봤어요.

'나한테 원하는 게 뭐야? 왜 나를 **그렇게** 봐?' 남자가 물었어요. 그 남자는 특이하게 말했어요. 그 남자의 영어는 아주 특이했어요.

칼은 그 남자를 보고 말했어요. '당신이 내 시계를 훔쳤잖아요! 내 작업장에 와서 시계를 훔쳤잖아요!'

'아니야! 당신이 훔쳤어! 나는 내 시계를 **가져가는** 거야! 이 시계는 내 거야!'

칼과 수잔은 서로를 봤어요. 마침내 수잔이 남자에게 물었어요. '누구세요?'

'나는 에릭 엘 크라켄이야. 나는 이제 갈게. 17 **세기**로 돌아가야 돼.'

제1장 복습

줄거리

칼은 시계 기술자였어요. 칼은 영국 남부 지방에 살았어요. 어느 날 해변에서 친구 수잔을 만났어요. 수잔이 칼에게 아주 오래된 시계를 보여줬어요. 두 사람은 시계에 대해서 알아보기 위해 칼의 작업장에 갔어요. 그곳에서 카리브해의 해적에 대한 책을 찾았어요. 그 책에는 시계에 대해서 쓰여 있었어요. 그 시계는 해적, 에릭 엘 크라켄의 것이었어요. 에릭 엘 크라켄은 그 시계를 가지고 시간을 여행했어요. 그때 칼과 수잔은 시계가 없어진 것을 알았어요. 두 사람은 남자의 발자국 소리를 들었어요. 그래서 해변으로 남자를 쫓아갔어요. 칼이 남자를 잡았어요. 그 남자는 자신이 에릭 엘 크라켄이라고 말했어요. 에릭은 시계와 함께 17 세기로 돌아가고 싶어했어요.

어휘

시계 기술자 watchmaker
남서부 southwest
날씬하다 to be slim
힘이 세다 to be strong
작업장 workshop
해변 beach
보안 요원 security guard
줍다 to pick up; to find (something on the street/floor)
도구 tool
따라오다 to follow, to come with
정보 information
카리브해 the Caribbean Sea
해적 pirate

모래 sand
무시하다 to ignore
잡다 to hold, to grasp
밀다 to push
먼지를 털다 to dust off, to shake off dust
그렇게 like that, in such manner
가져가다 to take away (to)
세기 century

이해도 평가

각 질문에 한 개의 답을 고르세요.

1) 칼은 ____이었어요/였어요.
    a. 시계 기술자
    b. 시계 상인
    c. 해적
    d. 보안 요원

2) 일이 끝난 후, 칼은 ____을 좋아했어요.
    a. 해적에 대한 책을 읽는 것
    b. 작업장 안에서 운동을 하는 것
    c. 해변에서 운동을 하는 것
    d. 시계 공부를 하는 것

3) 수잔은 칼의 ____이었어요/였어요.
    a. 여자친구
    b. 아내
    c. 딸
    d. 친구

4) 책에는 그 시계가 ＿＿ 쓰여져 있었어요.
   a. 오래 전에 없어졌다고
   b. 시간을 알려 줬다고
   c. 이상한 힘을 가졌다고
   d. 유명한 시계 기술자의 것이라고

5) ＿＿ 시계가 칼의 작업장에서 사라졌어요.
   a. 수잔이 훔쳐가서
   b. 모르는 사람이 가져가서
   c. 칼과 수잔이 시계를 잃어버려서
   d. 해변에 놓고 와서

제2장 – 카리브해

칼과 수잔은 이 이상한 남자를 봤어요. 마침내 칼이 말을 했어요. '17 세기요? 돌아가요? 당신이 정말… 에릭 엘 크라켄이에요?' 칼이 물었어요. 남자는 아무 말도 안 했어요. 남자는 시계를 사용하려고 했어요.

칼은 더 가까이 갔어요. 남자는 옛날 해적 같았어요.

오래된 검은색 옷을 입고 있었어요. 카리브해의 해적이 입던 옷 같았어요. **전설**이나 책 속의 해적처럼요. '진짜 해적이에요?' 칼이 물었어요.

마침내 남자가 칼을 보고 대답했어요. '그래, 내가 엘 크라켄이야.'

이제 칼은 이해했어요. 시계는 정말 이상한 힘을 가지고 있었어요! '전설이 진짜였어!'

'무슨 전설?' 에릭이 물었어요.

'시계에 대한 전설요.'

에릭이 칼과 수잔을 봤어요. 그리고 물었어요. '내 시계에 대해서 어떻게 알아?'

수잔이 대답했어요. '우리가 본 책에 시계의 전설에 대해서 쓰여져 있었어요.'

'책에?' 에릭이 미소를 지으면서 물었어요. '하하! 내가 유명하군! 좋아.'

'아니요… 그냥 시계만 유명해요.'

에릭이 해변을 걸었어요. 에릭은 생각하고 있었어요. 에릭이 시계를 보고 말했어요. '이 시계는 내 시계야. 그렇지만 내가 사지는 않았어. 다른 해적한테서 훔쳤어.'

'다른 해적요?' 칼이 물었어요.

'그래, **죽은** 해적한테서 훔쳤어!' 에릭이 웃었어요. 그리고 진지하게 말했어요. '나는 그 해적이 누구인지 몰라. 그 해적에 대해서는 아무도 몰라. 그렇지만 이 시계는 내가 훔쳤어. 그러니까 이 시계는 내 시계야!' 그리고 에릭은 시계를 다시 **만지기** 시작했어요.

칼은 에릭을 봤어요. 에릭은 시계를 사용하려고 했지만 시계는 **작동하지** 않았어요. 그때 칼은 알았어요. 에릭은 시계를 찾았지만 어떻게 사용하는지 몰랐어요. 에릭도 왜 시계가 이상한 힘을 가지고 있는지 몰랐어요.

칼은 해적을 보고 말했어요. '에릭, 이 시계를 어떻게 사용하는지 알아요?'

'물론 알아!' 에릭이 소리쳤어요. 그리고 칼을 봤어요. '그래. 사실 어떻게 사용하는지 몰라. 그냥 가끔 시계를 잡고 있으면 **미래로** 가. 여기에 올 때처럼. 그리고 **정확히** 7 시간 후에 시계를 잡고 있으면 17 세기로 돌아가. 시계가 어떻게 시작되고 멈추는지는 몰라.'

'엘 크라켄 씨는 왜 이 시계를 사용해요?'

'세상이 어떻게 **바뀌었는지** 보고 싶어서. 여기에 이제 해적은 없어. 큰 건물들만 있어. 그리고 이제 **기계가** 하늘을 **날아!** 믿을 수 없어!'

칼과 수잔은 미소를 지었어요. 좀 이상했어요. 에릭은 지금 세상에 대해서 잘 몰랐어요.

에릭은 다시 시계를 봤어요. 그리고 뒤로 돌아서 소리쳤어요. '이제 나를 혼자 내버려 둬! 이제 시간이 됐어! 6 시간 58 분이 지났어! 곧 17 세기로 돌아갈 수 있어. 늦으면 안 돼!'

칼과 수잔이 서로를 봤어요. '수잔, 무슨 생각을 하고 있어?' 칼이 수잔에게 조용히 물어봤어요.

'무슨 말이야?'

'17 세기 카리브해에 가고 싶지 않아?'

수잔은 생각했어요.

'얼른! 재미있을 거야!' 칼이 말했어요.

'잠깐만!' 수잔이 잠시 더 생각했어요. 그리고 마침내 말했어요. '좋아, 가자!'

칼과 수잔이 에릭 엘 크라켄에게 가서 말했어요. '우리도 가고 싶어요.'

'안 돼.' 에릭이 말했어요.

'왜요?' 칼이 소리쳤어요.

'안 돼.' 에릭이 말했어요. 그리고 칼을 봤어요.

'우리도 세상이 어떻게 바뀌었는지 보고 싶어요. 우리는 지금 세상을 알아요. 우리는 **과거**를 알고 싶어요.'

갑자기 에릭의 눈이 **변했어요**. 좋은 생각이 있는 것 같았어요. '기다려 봐. 두 사람은 지금 세상을 알아.' 그리고 에릭은 잠시 멈췄어요. '좋아. 같이 가. 두 사람이 할 일이 있을 수도 있어. 괜찮아?'

'괜찮아요. 그러면 우리 모두 시계를 잡아요?'

'그래, 시계를 잡아. 얼른!'

세 사람이 시계를 잡았어요. 갑자기 세 사람은 17 세기 카리브해로 **이동했어요**. 밤이 낮이 됐어요. 그리고 세 사람은 해적들이 사는 곳에 있었어요. 그 **과정**은 정말 쉬웠어요.

칼과 수잔은 시계를 손에서 **놓았어요**. 해적들이 세 사람을 봤어요. 그 중 한 사람은 날씬했어요. 그리고 **피부색**이 약간 어둡고 머리는 길었어요. 그 해적은 에릭에게 갔어요.

'안녕하세요, 대장! 다시 왔군요!' 그리고 칼과 수잔을 봤어요. '손님과 같이 왔군요.'

에릭이 미소를 지었어요. '그래, 프랭크. 손님과 같이 왔어.' 에릭이 대답했어요. 그리고 다른 해적들을 봤어요. '모두들!' 그리고 소리쳤어요. '이 사람들은…' 에릭 엘 크라켄이 잠시 말을 멈췄어요. '아… 이름이 뭐야?'

'칼과 수잔이요.' 두 사람이 대답했어요.

'그래! 모두들, 이 사람들은 칼과 수잔이야.' 사람들은 에릭의 말을 잘 듣지 않았어요. 사실 시계 때문에 이상한 일이 자주 있었어요.

'그래, 칼과 수잔은…' 에릭은 이상한 미소를 짓고 계속 말했어요. '두 사람이 오늘 싸움에서 우리를 도와줄 거야.'

사람들이 이제 에릭을 봤어요. 해적들은 기뻐서 소리쳤어요.

'싸워요? 누구하고 싸워요?' 칼이 말했어요.

에릭이 뒤로 돌아서 칼과 수잔을 봤어요. 그리고 다시 돌아서 해적들을 봤어요. '우리가 싸움에서 이길 수 있도록 도와줄 거야. 칼…과 수잔이.'

'싸움요? 무슨 싸움요?' 수잔이 소리쳤어요.

'영국인들하고 싸울 거야.'

'그 이야기는 안 했잖아요!' 수잔이 말했어요.

에릭 엘 크라켄은 두 사람을 무시했어요. '다시 일해!' 에릭이 해적들에게 소리쳤어요. 그리고 에릭과 프랭크는 텐트로 갔어요. 칼과 수잔만 남았어요.

칼과 수잔은 바다를 봤어요. 해적선이 아주 많았어요.

잠시 후 프랭크가 돌아와서 말했어요. '미안해요.'

'왜요? 왜 미안해요?' 수잔이 물었어요.

'에릭은 미쳤어요.'

수잔과 칼이 서로를 봤어요. '미쳤다고요?' 칼이 물었어요.

'네, 미쳤어요.' 프랭크가 잠시 말을 멈추고 두 사람을 봤어요. '완전히.'

'그렇군요. 그렇지만 왜 그 이야기를 우리한테 해 줘요?'

'에릭은 두 사람을 싸움에 이용하려고 해요.'

'이용해요?'

'영국 배를 멈추려고요. 영국인들이 시계에 대해서 알고 있어요. 그리고 시계를 **갖기** 위해서 매일 밤 우리를 공격해요. 에릭은 영국인들을 멈춰야 돼요. 그리고 에릭은 두 사람이 우리를 도와줄 수 있다고 말하고 있어요.'

세 사람은 멀리에서 싸움 소리를 들었어요. 첫 번째 배가 **공격당했어요**. 영국인들이 오고 있었어요! '우리가 어떻게 도와요?' 칼이 물었어요.

'에릭은 두 사람이 미래의 일을 알고 있다고 했어요. 미래에서 산다고…'

'아니에요. 아니에요. 우리는 이 싸움에 대해서 아무것도 몰라요. 우리는 시계에 대해서만 알아요. 시계 이야기도 그냥 전설이에요!'

'에릭은 **실망할** 거예요. 그 시계를 지키기 위해서 무엇이든 할 거예요. 두 사람이 도와줄 수 없으면 에릭은 두 사람이 필요 없다고 생각할 거예요.' 그는 두 사람을 **심각하게** 봤어요. '일이 안 좋게 될 수도 있어요.'

수잔과 칼은 무서워서 서로를 봤어요. '그럼… 우리는 어떡해요?' 수잔이 물었어요.

'시계를 훔치세요.' 프랭크가 **설명했어요**. '시계가 없으면 싸우지도 않을 거예요!'

'어… 언제요?'

'오늘 오후에 중요한 싸움이 있을 거예요. 엘 크라켄 대장이 배 여러 **척**을 가지고 싸우러 갈 거예요. 대장한테서 시계를 훔쳐야 돼요. 그리고 미래로 돌아가서 다시는 돌아오지 마세요.'

프랭크는 에릭의 텐트로 돌아갔어요. 칼과 수잔은 해변에 앉았어요.

'이제 어떡해? 나는 시계 기술자고 너는 보안 요원이야. 해적한테서 시계를 어떻게 훔쳐?'

'**방법**을 찾아야 돼. 잠깐만! 좋은 생각이 있어.'

제2장 복습

줄거리

해변에 있는 남자는 해적 에릭 엘 크라켄이었어요. 에릭은 특별한 시계를 이용해서 17 세기에서 시간을 여행해서 왔어요. 칼과 수잔은 에릭과 함께 17 세기로 갔어요. 세 사람이 도착했을 때 에릭은 두 사람이 해적들을 도울 수 있을 거라고 말했어요. 해적들은 영국과의 싸움에서 이겨야 했어요. 다른 해적은 칼과 수잔에게 에릭에게서 시계를 훔치라고 했어요. 그러면 에릭은 더이상 싸우지 않을 거예요.

어휘

전설 legend
죽다 to die cf. 죽이다
만지다 to touch
작동하다 (something such as a device or machine) operates, works
미래 future
정확히 exactly, precisely
바뀌다 (something/someone) changes
기계 machine
날다 to fly
과거 past (n.)
변하다 (something/someone) changes, alters
이동하다 (something/someone) moves
과정 process
놓다 to let go (of), to release; to put, to place
피부 skin

갖다 to have (a contraction of 가지다)
공격당하다 to be attacked
실망하다 to be disappointed
심각하다 to be serious, to be grave, to be severe
설명하다 to explain
척 counter for a ship/boat/yacht, etc.
방법 method

이해도 평가

각 질문에 한 개의 답을 고르세요.

6) 시계를 가지고 있으면 사람들은 ＿＿ 수 있어요.
   a. 시간을 여행할
   b. 17 세기만 여행할
   c. 21 세기만 여행할
   d. 시간을 볼

7) 에릭은 ＿＿와/과 함께 17 세기로 여행했어요.
   a. 칼
   b. 수잔
   c. 칼과 수잔
   d. 프랑크

8) 에릭은 ＿＿ 싶었어요.
   a. 영국인들과 싸워서 이기고
   b. 영국을 떠나고
   c. 칼과 수잔과 함께 영국에서 살고
   d. 영국의 대장에게 시계를 주고

9) 에릭은 칼과 수잔이 _____ 생각했어요.
   a. 17 세기로 데려다줄 수 있다고
   b. 전쟁에서 도와줄 수 있다고
   c. 영국인들과 말할 수 있다고
   d. 배를 움직일 수 있다고

10) 프랭크는 칼과 수잔에게 _____ 말했어요.
   a. 영국인들에게 가라고
   b. 시계를 훔치라고
   c. 영국인들과 싸우라고
   d. 에릭으로부터 도망가라고

제3장 – 전투

마침내 모든 사람들이 싸울 준비가 됐어요. 에릭과 프랭크, 그리고 칼과 수잔은 에릭 엘 크라켄의 배에 탔어요. 배는 아주 컸어요. **대포**가 많이 있었어요. 그 배는 에릭의 배였어요. 그리고 에릭이 제일 좋아하는 배였어요. 프랭크는 **부사령관**이었어요. 엘 크라켄은 항상 프랭크와 다녔어요.

에릭 엘 크라켄은 배를 **조종하는** 곳에 있었어요. 높은 곳이었어요. 프랭크는 칼과 수잔에게 배를 **보여주고** 있었어요. '이 아름다운 배에 대해서 어떻게 생각해요?'

수잔은 주변을 둘러보고 미소를 지었어요. '내가 정말로 해적의 배 위에 있어요! 믿을 수가 없어요!' 수잔이 말했어요.

프랭크가 웃었어요. '**별 일 아니에요.** 우리는 이 배를 매일 타요.'

프랭크가 칼과 수잔을 에릭이 있는 곳으로 **데려갔어요.** 배는 이미 움직이고 있었어요. 바람이 조금 차가웠어요. 그렇지만 구름은 없었어요. 카리브해의 파란색 물과 해변만 보였어요. 아름다웠어요. 그때 칼이 기억했어요. 칼과 수잔은 영국인들과 싸워야 했어요! 싸우지 않으려면 무언가 해야 했어요!

에릭 엘 크라켄이 바다를 봤어요. 에릭은 아직도 배를 조종하는 곳에 있었어요. 칼과 수잔이 에릭을 봤어요. 갑자기 뒤에서 프랭크의 목소리가 들렸어요. '그래서 어떻게 할 거예요?'

'뭘 해요?' 칼이 대답했어요.

'시계 훔치는 거요! 싸움이 시작되기 전에 훔쳐야 돼요.'

'잠깐만요. 저는 이해할 수 없어요! 이 싸움에 왜 수잔과 내가 필요해요? 우리는 어떻게 싸우는지 몰라요!'

'말했잖아요. 에릭은 두 사람이 영국인을 이길 수 있다고 생각해요.'

칼이 에릭을 봤어요. 에릭은 세 사람을 보고 있었어요. 에릭이 무슨 생각을 하는지 알 수 없었어요. 그냥 세 사람을 보고 있었어요.

'에릭의 생각은 틀렸어요. 우리는 에릭을 도울 수 없어요. 왜 그렇게 생각하는지 모르겠어요.' 칼이 말했어요.

'사실, 에릭이 무슨 생각을 하는지 나도 몰라요.'

'네? 프랭크도 몰라요?' 수잔이 물었어요.

'바다를 보세요.'

칼과 수잔이 바다를 봤어요. 배가 열 척 있었어요.

'봐요, 우리는 배가 열 척 있어요.' 프랭크가 배를 가리켰어요.

수잔은 프랭크가 무슨 말을 하는지 몰랐어요. '네, 배가 열 척 있어요. 그래서요?'

프랭크가 수잔을 봤어요.

'우리는 배가 열 척밖에 없지만 영국인들은 배가 더 많아요?'

'네.'

'얼마나 더 많아요?'

'영국인들은 배가 서른 척 있어요.'

'서른 척이요? 다들 미쳤어요!' 칼이 소리쳤어요.

'그래서 나는 이 싸움을 멈추고 싶어요. 그러니까 두 사람이 시계를 훔쳐야 돼요. 우리는 이 싸움에서 이길 수 없어요. 그렇지만 에릭은 싸움을 절대 **포기하지** 않을 거예요.'

'알겠어요. 우리가 뭘 해야 돼요?' 칼이 물었어요.

'시계를 훔쳐야 돼.' 수잔이 말하면서 칼을 봤어요. '좋은 생각이 있다고 했잖아.'

수잔이 계획을 설명했어요. '너는 시계 기술자잖아.'

'응.' 칼이 대답했어요.

'에릭에게 싸움에서 이길 수 있다고 말해. 그렇지만 싸움에서 이기기 위해서 시계가 필요하다고 말해.'

'어떻게?'

'시계를 어떻게 사용하는지 안다고 말해. 시계를 이용해서 영국인들을 멈출 수 있다고 말해.'

'그리고?'

'뛰어!'

'수잔, 정말 안 좋은 계획인 것 같아.' 칼이 말했어요.

'그렇지만 다른 방법이 없어.' 수잔이 말했어요.

칼도 동의했어요. 다른 방법이 없었어요.

칼은 에릭에게 걸어갔어요. 시간이 없었어요. 에릭은 해적들에게 할 일을 말하고 있었어요.

에릭이 칼을 봤어요. '왜? 싸움에서 이길 수 있는 방법을 알아?'

'음… 네, 알아요. 이쪽으로 오세요. 말해 줄게요.'

칼과 에릭은 사람들이 없는 곳으로 갔어요. 프랭크와 수잔은 두 사람을 보지 않고 다른 곳을 봤어요.

'에릭, 나는 시계 기술자잖아요. 그 시계를 봐야 돼요.'

에릭의 얼굴이 완전히 바뀌었어요.

'왜?'

'시계를 보면 싸움에서 이길 수 있을 것 같아요.'

'무슨 말이야?' 에릭이 말했어요. 에릭은 칼을 의심스럽게 봤어요.

칼은 무슨 말을 해야 할지 몰랐어요. 열심히 생각했어요. 그리고 말했어요. '시계를 어떻게 사용하는지 알 것 같아요.' 칼은 거짓말을 했어요.

'그래서?'

'나에게 시계를 보여 주면 내가 시간을 바꿀 수 있어요. 시간을 바꾸면 우리가 다른 곳으로 갈 수 있어요. 여기에서 먼 곳으로요. 그러면 우리는 안 싸워도 돼요.'

시간이 됐어요. 영국의 배가 도착했어요. 대포를 **쏘기** 시작했어요. 해적들도 대포를 쐈어요. 대포알이 배 주변에 떨어졌고 배가 **흔들렸어요**. 에릭이 해적들에게 소리쳤어요. '얼른! 대포를 계속 쏴! 지면 안 돼!'

칼은 시계가 필요해요. 에릭이 시계를 가지고 있으면 칼은 영국인들과 싸워야 해요. '보여 주세요!' 칼이 계속 이야기했어요. '시계를 보여 주세요!' 칼이 소리쳤어요. '그러면 싸움에서 이길 수 있어요! 영국인들을 이길 수 있어요!'

에릭이 칼을 봤어요. 그리고 시계를 **꽉** 잡았어요.

갑자기 대포알이 배를 조종하는 곳에 떨어졌어요. 에릭이 넘어졌어요. 기회였어요! 칼은 에릭에게서 시계를 훔쳤어요. 그리고 뛰었어요. '멈춰! 저 남자를 잡아!' 에릭이 소리쳤어요.

해적들이 칼을 쫓았어요. 칼은 시계를 수잔에게 던졌어요. 수잔은 시계를 잡아서 뛰었어요. 칼이 수잔에게 뛰어갔어요. 그때 두 사람은 에릭을 봤어요. 에릭이 두 사람에게 오고 있었어요.

영국인들이 다시 대포를 쐈어요. 에릭이 수잔을 잡으려고 했어요. 갑자기 프랭크가 에릭을 **막았어요**. 프랭크가 수잔을 도와주고 있었어요!

수잔이 시계를 가지고 있었어요. 칼이 시계를 잡았어요. 에릭도 시계를 잡았어요. 프랭크는 수잔을 지키기 위해서 수잔을 잡았어요. 그 다음에 시계가 작동했어요. 네 사람은 미래로 가고 있었어요. 21 세기로 가고 있었어요!

낮이 밤이 됐어요. 그리고 네 사람은 이스턴 그린 해변에 돌아왔어요. 에릭이 가장 먼저 이 **상황**을 이해하고 시계를 찾았지만 시계는 없었어요!

그때 에릭이 시계를 찾았어요. 시계는 프랭크의 발 밑에 있었어요. 에릭이 프랭크를 밀었어요. 그리고 시계를 주웠어요. 시계는 고장나 있었어요. '프랭크, 왜? 왜 나를 막았어?' 에릭이 소리쳤어요.

프랭크는 에릭을 무시했어요. 그리고 해변을 봤어요. 그리고 마을과 사람들을 봤어요. 프랭크는 미래에 처음 와 봤어요. 모든 것이 **새롭고** 조금 이상했어요.

에릭은 **점점** 더 화가 났어요. 에릭이 프랭크에게 말했어요. '이제 어떡해? 이제 다시 돌아갈 수 없어! 이제 어떡해?'

아무도 말하지 않았어요. 마침내 수잔이 말했어요. '작업장으로 가요, 에릭. 칼이 시계를 **고쳐** 줄 거예요. 칼이 시계를 고치면 두 사람은 집에 갈 수 있어요. 그렇지만 시계를 **부숴야** 돼요. 이 시계는 위험해요! 시계를 가지고 있으면 좋은 일이 없을 거예요.'

'알겠어.' 에릭이 대답했어요.

그리고 수잔은 프랭크를 봤어요. '부탁이 있어요. 에릭을 도와주세요. 약속해요. 정말로 시계를 부숴야 돼요. 에릭이 시계를 부수지 않으면 프랭크가 **강제로** 부숴야 돼요. 시계를 부수지 않으면 프랭크도 위험해질 거예요. 이해했어요?'

'네. 집에 가면 다시는 이 시계를 보고 싶지 않아요!'

그리고 수잔이 칼을 봤어요. '그리고 너!' 수잔이 미소를 지으면서 말했어요. '시간 여행처럼 이상한 아이디어가 있으면 나를 데려가지 마!'

칼은 웃으면서 동의했어요.

제3장 복습

줄거리

모든 사람이 영국인들과 싸우기 위해서 에릭의 배를 탔어요. 프랭크는 칼에게 얼른 에릭의 시계를 훔치라고 말했어요. 칼은 에릭에게 시계를 보여달라고 했어요. 에릭은 싫다고 했어요. 갑자기 영국 배가 공격했어요. 에릭이 넘어졌어요. 칼이 시계를 갖고 도망갔어요. 칼, 수잔, 에릭 그리고 프랭크는 서로 시계를 가지려고 싸웠어요. 시계가 작동했어요. 그들은 21 세기의 펜잔스로 왔어요. 21 세기로 오는 동안 시계가 고장났어요. 칼이 에릭의 시계를 고쳐주기로 했어요. 에릭은 집에 돌아가면 시계를 부수겠다고 약속했어요.

어휘

전투 battle, combat

대포 cannon (대포알 cannon ball)

부사령관 deputy commander in chief

조종하다 to control, to operate

보여주다 to show

별 일 아니에요 It's nothing special. It's nothing.

데려가다 to bring/take (someone)

포기하다 to give up

쏘다 to shoot

흔들리다 (something) shakes; to be shaken cf. 흔들다

꽉 tight(ly), fully

막다 to stop, to obstruct, to block

상황 situation

새롭다 new

점점 gradually, more and more

고치다 to mend, to fix

부수다 to break

강제로 forcefully

이해도 평가

각 질문에 한 개의 답을 고르세요.

11) 프랭크는 ____이었어요/였어요.
   a. 에릭의 아버지
   b. 에릭의 아들이
   c. 에릭의 부사령관
   d. 그냥 다른 해적

12) 프랭크는 칼에게 시계를 훔치고 ____ 말했어요.
   a. 에릭과 싸우라고
   b. 21 세기로 돌아가라고
   c. 17 세기를 여행하라고
   d. 영국인들과 싸우라고

13) 칼이 에릭에게 시계를 보여 달라고 했을 때 에릭은 ____.
   a. 칼에게 시계를 주었어요
   b. 칼에게 시계를 주지 않았어요
   c. 시계를 훔쳤어요
   d. 시계를 버렸어요

14) 결국 누가 21 세기의 펜잔스에 돌아왔어요?
   a. 칼과 수잔
   b. 에릭과 칼, 그리고 수잔
   c. 에릭과 프랭크와 수잔
   d. 에릭, 칼, 프랭크 그리고 수잔

15) 칼은 에릭이 ____을 약속하면 시계를 고쳐줄 거예요.
   a. 카리브해로 돌아가는 것
   b. 시계를 부수는 것
   c. 칼에게 에릭의 배를 주는 것
   d. 칼에게 시계를 주는 것

나무 상자

제1장 – 서울

옛날에 한 남자가 한국의 파주에서 살았어요. 그 남자는 나이가 많았어요. 그 남자의 이름은 성태였어요.

성태는 결혼한 적이 없었어요. 성태는 아이도 없고 가족도 없었어요. 오랫동안 혼자 살았어요. 성태는 아주 **친절한** 사람이었어요. 모든 사람들에게 친절했어요.

성태는 멀리 여행한 적도 없었어요. 집 근처를 여행한 적은 있었지만 멀리 간 적은 없었어요. 그렇지만 성태는 이제 멀리 가야 해요. 성태에게는 **임무**가 있었어요.

성태는 돈이 많지 않았지만 **가난하지도** 않았어요. **젊었을** 때 돈을 조금 **저축했어요.** 이번 여행에 그 돈을 쓸 거예요. 도시 세 곳에 가야 해요. 음식도 먹어야 하고 교통비도 필요해요. 임무가 있었어요. **꼭** 그 임무를 끝내야 해요!

성태는 먼저 서울에 갔어요. 성태가 서울의 거리를 걸어갈 때 많은 사람들이 성태를 봤어요. 성태는 오랫동안 머리를 **자르지** 않았어요. 그리고 **턱수염**도 길었어요. 옷도 아주 이상했어요. 성태는 대도시의 사람들과 달랐어요.

성태는 북서울 꿈의 숲에 도착했어요. 그곳은 서울에 있는 큰 공원이었어요. 사람들이 아주 많았어요. 성태는 젊은 남자에게 **다가갔어요.** 그 사람의 나이는 25 살 정도 돼 보였어요. 남자는 나무 옆에 앉아서 **지역 신문**을 읽고 있었어요. **침착한** 사람처럼 보였어요.

성태는 그 남자 옆에 앉았어요. '안녕하세요.' 성태가 말했어요.

'안녕하세요….' 남자가 대답했어요. 남자는 성태를 의심스럽게 봤어요. 그리고 계속 신문을 읽었어요.

'잘 지냈어요, 정수 씨?' 성태가 물었어요.

정수가 성태를 봤어요. 정수는 아주 놀랐어요. *이 사람이 어떻게 내 이름을 알까?* 정수는 조심스럽게 성태를 봤어요. '지금 정수라고 하셨어요?' 정수가 물었어요.

'네, 그랬어요.'

'제 이름을 어떻게 아세요?'

'말할 수 없어요.'

정수는 신문을 **덮었어요**. 정수는 더 **조심스럽게** 성태를 봤어요. 정수는 성태의 긴 턱수염을 봤어요. 수염이 없는 얼굴을 상상해 봤어요. 모르겠어요. 이 나이 많은 남자가 누구인지 모르겠어요.

'무슨 일이세요?' 정수가 물었어요. 정수는 성태가 아주 의심스러웠어요.

'걱정하지 마세요.' 성태가 말했어요. '정수 씨를 **해치지** 않아요. 이야기할 것이 있어서 왔어요.'

'말씀해 보세요.' 정수가 말했어요.

성태가 **주머니**에서 사진을 꺼냈어요. 사진에는 나무 상자가 있었어요. 상자는 아주 오래돼 보였어요. 상자 안에 물건이 있는 것 같았어요. 비싼 물건이요.

'이게 뭐예요?' 성태가 물었어요.

'이 상자 몰라요?'

'나무 상자 같아요. 한 번도 본 적이 없어요.'

성태가 자세히 봤어요. 그리고 사진을 가리켰어요. '이걸 보세요.'

정수가 봤어요. 상자에는 **자물쇠**가 있었어요. 자물쇠에는 0이 세 개 있었어요. '자물쇠가 있어요.'

'네, 그리고…?' 성태가 말했어요.

'숫자가 없어요.' 정수가 대답했어요.

'맞아요! 숫자 세 개가 모두 없어요!' 성태가 말하고 정수를 자세히 봤어요. '내 임무를 끝내기 위해서 그 숫자 세 개가 필요해요!' 성태가 말했어요.

'임무? 무슨 임무요?'

'말할 수 없어요.' 성태는 침착하게 말했어요.

정수는 이해할 수 없었어요. 성태가 무엇을 원하는지 알 수가 없었어요. *어떻게 모르는 숫자를 이 남자에게* **알려줄** *수 있어?* 마침내 성태가 말했어요. '정수 씨가 숫자 한 개를 가지고 있어요.'

'무슨 말을 하는지 모르겠어요.'

'생각해 봐요, 정수 씨. 정수 씨는 오래된 물건을 가지고 있어요. 숫자가 쓰여져 있는 물건이요.'

정수가 생각해 봤어요. 정수는 숫자가 쓰여져 있는 오래된 물건을 가지고 있지 않았어요. 확실히 없는 것 같았어요. 그런데 그때 **기억났어요**. 숫자가 쓰여져 있는 물건이 하나 있었어요. 그 물건일 수도 있어요.

'생각해 보니까…' 정수가 **신나서** 말했어요. '그런 물건이 있어요! 여기에서 기다리세요. 가져올게요!'

'어디에 가요?' 성태가 물었어요.

'집에요. 가져올 물건이 있어요.'

'기다려요! 같이 갑시다.'

정수가 성태를 다시 의심스럽게 봤어요. 성태는 나이가 많았어요. 좋은 사람처럼 보였어요. 문제는 안 될 것 같았어요. '좋아요. 따라오세요.' 정수가 말했어요.

성태와 정수는 공원을 떠났어요. 작은 길을 따라 걸어갔어요. 그리고 버스를 타고 정수의 집으로 갔어요.

버스를 타고 가면서 정수가 성태에게 물었어요. '성함이 어떻게 되세요?'

'내 이름은 성태예요. 박성태예요.'

'박성태 님은 서울에 얼마 동안 계셨어요?'

'그렇게 **공손하게** 말하지 않아도 돼요.'

'알겠어요. 아저씨는 서울에 얼마 동안 계셨어요?'

'두 시간이요.'

'정말요? 별로 오래 계시지 않았군요.'

'네, 그런데 서울이 좋아요! 사람들도 좋고 볼 것도 많아요.'

'네, 맞아요.'

두 사람은 계속 이야기를 했어요. 그리고 곧 정수의 집에 도착했어요.

집은 작고 깨끗했어요. 정수는 성태를 작은 방에 데려갔어요. 정수는 옛날 물건들을 이 방에 보관했어요. 어릴 때 쓰던 물건들도 있었어요. 옛날 사진들도 있었어요. 그리고 학교 다닐 때 쓰던 공책도 있었어요.

'여기에서 뭘 찾고 있어요?' 성태가 물었어요.

'어떤 물건이 있어요. 아저씨가 찾고 있는 물건 같아요.'

'오래된 물건이에요? 숫자가 쓰여져 있어요?'

'네, 숫자가 쓰여져 있는 오래된 물건이에요. 잠깐만 기다리세요. 찾아 볼게요.'

30 분 동안 정수는 물건을 찾았어요. 성태도 도우려고 했어요. 그렇지만 정수는 성태에게 앉아 있으라고 했어요. 혼자 찾고 싶었어요. 한 시간 후에 정수는 마침내 물건을 찾았어요. '아저씨, 찾았어요!' 정수가 신나서 말했어요.

'뭐예요?' 성태가 물었어요. 성태가 일어나서 정수에게 걸어갔어요. 성태가 정수를 조심스럽게 봤어요. '이 물건이 내가 찾는 것인지 어떻게 알아요?'

'모르겠어요. 그렇지만 이 물건을 오랫동안 가지고 있었어요. 그리고 여기에 숫자가 쓰여져 있어요.'

정수가 성태에게 금 목걸이를 줬어요. 금 목걸이 안에는 숫자가 쓰여져 있었어요. '아저씨가 숫자가 쓰여져 있는 물건에 대해서 이야기했을 때 이 목걸이가 생각났어요.' 정수가 말했어요.

'누가 이 목걸이를 줬어요? 기억나요?' 성태가 물었어요.

'아니요. 아기 때부터 가지고 있었어요.'

성태가 미소를 지었어요. 그리고 방 문을 열었어요. '어디에 가세요?' 정수가 물었어요.

'여기에서 할 일은 끝났어요. 숫자를 기억하세요. 그리고 이것을 읽으세요.' 성태는 정수에게 편지를 주고 떠났어요.

'기다려요! 돌아와요! 목걸이는 필요 없어요?' 정수가 소리쳤어요. 하지만 성태는 이미 떠났어요.

성태는 서울 시내로 돌아왔어요. 그리고 지하철역으로 갔어요. 다음에는 분당으로 갈 거예요.

제1장 복습

줄거리

성태는 나이가 많은 남자예요. 성태는 한국의 파주에서 살고 있어요. 성태에게는 해야 할 임무가 있었어요. 성태는 오래된 나무 상자 사진을 가지고 있었어요. 그 나무 상자에는 자물쇠가 있었어요. 자물쇠를 열기 위해서는 숫자 세 개가 필요해요. 성태는 서울에 가서 정수를 찾았어요. 정수에게 숫자에 대해서 물어봤어요. 정수는 방에서 오래된 목걸이를 찾았어요. 그 목걸이에 숫자가 쓰여져 있었어요. 성태는 목걸이를 보고 정수에게 편지를 줬어요. 그리고 분당으로 떠났어요.

어휘

친절하다 to be kind
임무 mission
가난하다 to be poor
젊다 to be young, to be youthful
저축하다 to save up (money)
꼭 definitely, for sure
자르다 to cut
턱수염 beard
북서울 꿈의 숲 Dream Forest (a park in Seoul)
다가가다 to approach
지역 신문 local newspaper
침착하다 to be calm, to be poised, to be composed
덮다 to close (books); to cover
조심스럽다 to be careful, to be cautious
해치다 to harm, to damage
주머니 pocket
자물쇠 padlock, lock

알려주다 to let someone know, to teach, to inform
기억나다 to remember, to recall
신나다 to be excited; to be exciting
공손하다 to be polite

이해도 평가

각 질문에 한 개의 답을 고르세요.

1) 성태는 _____였어요.
   a. 젊은 남자
   b. 20 대 남자
   c. 나이가 많은 남자
   d. 어린 아이

2) 성태는 정수에게 _____에서 처음으로 말을 했어요.
   a. 기차
   b. 공원
   c. 공항
   d. 주차장

3) 성태는 정수에게 _____의 사진을 보여 줬어요.
   a. 나무 상자
   b. 주차장
   c. 목걸이
   d. 도시

4) 정수는 성태를 _____(으)로 데려갔어요.
   a. 공항
   b. 택시
   c. 서울
   d. 방

5) 정수에게 편지를 준 후, 성태는 ＿＿＿(으)로 갔어요.
   a. 파주
   b. 청주
   c. 분당
   d. 공원

제2장 – 분당

잠시 후 성태는 분당역에 무사히 도착했어요. 분당에도 사람들이 많았어요. 그리고 재미있는 것들도 많았어요. 그렇지만 성태는 해야 할 임무가 있어서 가야 할 곳이 있었어요.

성태는 택시를 탔어요. 그리고 택시 기사에게 주소를 말했어요. 성태가 가는 곳은 분당역에서 멀었어요. **얼마 후** 성태는 어떤 큰 집 앞에 도착했어요.

그 집은 아주 비싸 보였어요. 집주인이 잘 **돌본** 것 같았어요. 집주인은 돈이 많은 것 같았어요. **정원**도 아주 컸어요. 정원 근처에 강아지가 많이 있었어요. 집에는 수영장도 있었어요!

성태는 집 앞에 서 있었어요. 잠시 동안 집을 봤어요. 그리고 **초인종**을 두 번 눌렀어요. 그리고 기다렸어요. '실례합니다!' 성태가 소리쳤어요. 아무도 나오지 않았어요. 아무도 없는 것 같았어요. 성태는 주변을 둘러봤어요. 성태는 기다리기로 했어요.

성태는 주머니에서 나무 상자 사진을 꺼냈어요. 사진을 **자세히** 보고 미소를 지었어요. 그리고 다시 사진을 주머니에 넣었어요. 조금 더 기다렸어요.

성태는 자동차 소리를 들었어요. 비싼 차였어요. 한 여자가 자동차를 타고 있었어요. 큰 선글라스를 쓰고 있었어요. 여자는 성태를 보지 못했어요.

여자가 버튼을 눌렀어요. **주차장**의 문이 열렸어요. 여자는 천천히 운전해서 들어갔어요. 아직도 성태를 보지 못했어요.

여자가 다시 버튼을 눌러서 주차장의 문을 닫으려고 했어요. 성태는 여자와 이야기하지 못할 수도 있었어요!

'실례합니다! 잠깐만요!' 성태가 소리쳤어요.

마침내 여자가 성태를 봤어요. 여자는 차를 멈췄어요.

'네? 누구세요?' 여자가 물었어요.

'잠깐 이야기할 수 있어요?' 성태가 물었어요.

여자가 성태를 의심스럽게 봤어요. 그리고 차에서 내렸어요. 집 **관리인**이 정원에서 나왔어요. 관리인이 여자를 보고 말했어요. '사모님, 제가 차를 **주차할까요?**'

'네, 고마워요.'

'김정미 씨?' 성태가 물었어요.

'네, 제가 김정미예요.' 정미가 성태를 자세히 봤어요.

'정미 씨와 이야기하러 왔어요. 중요한 이야기예요.'

'중요한 이야기요? **사업** 이야기라면 사무실 전화번호를 …'

'사업 이야기가 아니에요.' 성태가 대답했어요.

'사업 이야기가 아니에요? 그러면 무슨 이야기예요?' 정미가 물었어요. 성태는 대답하지 않고 미소만 지었어요. '무슨 이야기인지 모르겠지만 저와 같이 집에 들어갈까요?'

성태는 정미와 집 안으로 들어갔어요. 집은 아주 컸어요. **거대했어요.** 아주 아름다웠어요.

'이게 다 정미 씨 거예요?' 성태가 물었어요.

'네. 저는 디자이너예요. 19 살에 사업을 시작했어요.' 정미가 대답했어요. 그리고 주위를 둘러봤어요. '사업은 **성공적이었어요.**'

'그런 것 같아요. 일을 아주 많이 했겠어요.'

'네, 아주 열심히 일했어요.' 그리고 정미 씨가 다시 걸어갔어요. '이쪽으로 오세요.'

성태와 정미는 **계단**을 올라갔어요. 큰 나무 문이 있었어요. 아주 예뻤어요. 오래된 디자인의 문이었어요.

'집이 오래됐어요?' 성태가 물었어요.

정미가 미소를 지었어요. '아니요. 오래된 집은 아니에요. 그렇지만 오래된 디자인의 집이에요. 저는 **전통적인** 것을 좋아해요.'

정미가 문을 열었어요. 성태가 놀라서 주변을 둘러봤어요. 아름답고 비싼 **가구**들이 많이 있었어요. 아주 깨끗했어요.

관리인인 정구가 들어왔어요. 차를 가지고 왔어요. '**선생님**…' 정구가 말했어요.

'제 이름은 성태예요. 성태라고 불러 주세요.'

'성태 씨, 마실 것을 드릴까요?'

'네, 차를 한 잔 주세요. 고마워요.'

정미가 **겉옷**을 벗었어요. 아주 더운 날이었어요. 정구가 성태에게 말했어요. '저에게 겉옷을 주세요. 선생님.' 성태가 겉옷을 벗어서 정구에게 줬어요. 정구는 방을 나갔어요. 그리고 곧 다시 돌아왔어요. 따뜻한 차를 성태에게 줬어요. 그리고 다시 방을 나갔어요.

정미와 성태는 의자에 앉았어요. 그리고 서로를 봤어요. '그래서, 무슨 일이에요?'

성태가 차를 마셨어요. 그리고 잔을 탁자 위에 놓았어요. '숫자를 알고 싶어요.' 성태가 침착하게 말했어요.

정수처럼, 정미도 놀랐어요. '숫자요?' 정미가 물었어요.

'네, 숫자요.'

'**특정한** 숫자요?' 정미가 물었어요.

'네, 정미 씨가 가지고 있는 물건에 쓰여져 있을 거예요. 기억해 보세요.'

정미가 잠시 동안 생각했어요. 성태의 말을 이해하려고 했어요. 그렇지만 아무것도 기억나지 않았어요.

'무슨 말인지 모르겠어요. 조금 더 설명해 주세요.'

성태는 주변을 둘러봤어요. *두 번째 숫자가 여기에 있어.* 성태가 생각했어요. *맞아, 사진!* 정미에게도 사진을 보여 줘야 해요!

'정구 씨, 제 겉옷을 가져다 줄 수 있어요?' 성태가 말했어요.

'물론입니다.'

정구가 방을 나갔어요. 잠시 후 정구가 성태의 겉옷을 가져왔어요. 성태가 옷을 받았어요. 성태의 겉옷에는 주머니가 많았어요. 사진을 찾기가 어려웠어요. 정미는 **짜증이 났어요.**

마침내 성태가 사진을 찾았어요. '여기에 있어요!' 성태가 웃었어요. '여기에 있어요. 여기에 숫자가 필요해요.'

성태는 나무 상자의 사진을 탁자 위에 놓았어요. 정미가 사진을 자세히 봤어요. 갑자기 어떤 물건이 기억났어요.

'이유는 모르겠어요… 그렇지만 기억나는 물건이 있는 것 같아요. 그런데…'

'생각해 봐요, 정미 씨.' 성태가 말했어요.

정미가 일어났어요. '저와 같이 가요.' 정미가 말했어요. '아저씨가 누구인지 모르겠어요. 그리고 무엇을 원하는지도 모르겠어요. 그렇지만 기억나는 물건이 있어요.'

성태가 미소를 지었어요. 정미와 성태가 집을 나왔어요. 그리고 집 옆에 있는 작은 건물에 들어갔어요.

건물 안은 작은 박물관 같았어요. 그림도 많았고 다른 비싼 것들도 많았어요.

아름다운 그림 옆에서 정미는 작은 상자를 찾았어요. 그리고 상자를 열었어요. 상자 안에는 목걸이가 있었어요. 정수의 목걸이와 똑같았어요. 아주 오래된 목걸이였어요. 정미가 목걸이의 로켓을 열었어요. 그리고 안에 쓰여져 있는 숫자를 읽었어요.

정미는 목걸이를 성태에게 줬어요. 성태가 조심스럽게 목걸이를 봤어요. '네, 이제 됐어요.' 성태가 침착하게 말했어요.

'아직도 이해할 수가 없어요. 원하는 게 뭐예요? 이 상자를 본 후에 목걸이가 기억났어요. 그렇지만 이유는 몰라요. 이유를 알아요? 중요한 일이에요?'

성태는 잠시 말을 하지 않았어요. '이제 가야 돼요, 정미 씨. 더 질문하지 마세요.' 그리고 정미에게 편지를 줬어요. 성태는 잠시 말을 하지 않았어요. 그리고 정미에게 말했어요. '숫자를 기억하세요. 그리고 이 편지를 읽으세요. **도움이 될** 거예요.'

성태는 정미의 집을 나왔어요. 집을 나오면서 정미에게 소리쳤어요. '나는 이제 청주로 갈 거예요! 곧 또 봐요!'

정미는 인사하지 않았어요. 인사를 할 수 없었어요. 왜 성태가 집에 왔는지 몰랐어요. 정미는 편지를 봤어요. 의심스러웠지만 중요한 것 같았어요. 모든 것을 잊고 싶었어요. *그렇지만 저 아저씨가 즐거웠으면 좋겠어.* 정미는 천천히 편지를 열었어요.

줄거리

성태는 분당으로 갔어요. 분당에서 정미의 집으로 갔어요. 정미는 큰 집에 살았어요. 성태는 정미에게 나무 상자에 대해서 말했어요. 그리고 정미가 무슨 번호를 기억하는지 물어봤어요. 정미는 목걸이가 기억났어요. 그래서 성태에게 오래된 목걸이를 보여줬어요. 목걸이 로켓 안에 숫자가 쓰여져 있었어요. 정미는 궁금한 것이 많았어요. 성태는 정미의 질문에 대답하지 않았어요. 성태는 정미에게 편지를 주고 인사를 하고 떠났어요. 정미는 편지를 읽기 시작했어요.

어휘

얼마 후 after a while
돌보다 to take care of, to look after
정원 garden
초인종 doorbell, call button
자세히 (look/listen) carefully, in detail
주차장 garage; car park
관리인 caretaker (of a building)
주차하다 to park
사업 business
거대하다 to be huge
성공적이다 to be successful
계단 stairs
전통적이다 to be traditional
가구 furniture
선생님 sir, ma'am; teacher
겉옷 jacket, coat
특정한 specific
짜증이 나다 to feel annoyed, to fret
도움이 되다 to be of help

이해도 평가

각 질문에 한 개의 답을 고르세요.

6) 정미의 집은 _____.
   a. 크고 아름다웠어요
   b. 작고 아름다웠어요
   c. 크고 전통적이지 않았어요
   d. 작고 전통적이었어요

7) 건물 관리인의 이름은 _____였어요.
   a. 정구
   b. 성태
   c. 정수
   d. 정미

8) 정미는 성태가 _____ 때 번호를 기억했어요.
   a. 번호에 대해서 이야기했을
   b. 정미에게 상자의 사진을 보여 줬을
   c. 상자에 대해서 이야기했을
   d. 목걸이에 대해서 이야기했을

9) 정미는 _____.
   a. 상황을 이해하지 못했어요
   b. 성태가 무엇을 하는지 알았어요
   c. 성태가 즐거운 것을 바라지 않았어요
   d. 성태를 도와줄 수 없었어요

10) 마지막 인사를 한 후, 성태는 _____.
    a. 분당으로 떠났어요
    b. 서울로 떠났어요
    c. 하룻동안 쉬었어요
    d. 청주로 떠났어요

제3장 – 청주

기차역에서 성태는 음식을 샀어요. 성태는 정말로 휴식이 필요했어요. 정말 피곤했어요. 그렇지만 이제 한 사람만 더 만나면 돼요. 그러면 임무가 끝나요!

성태는 기차를 탔어요. 기차는 몇 시간 후 청주에 도착했어요. 성태는 택시를 타고 **명암 저수지**로 갔어요. 저수지로 가는 길에 택시는 청주 **현대 미술관**을 **지나갔어요**. 미술관은 컸어요. 성태는 택시 기사에게 물었어요. '저 미술관에 가 봤어요?'

'네, 미술관은 좋아요. 그렇지만 **예술 작품**들이 정말 이상해요. 너무 **현대적이에요**. 이상한 모양과 색깔이 많아요. 저는 전통적인 예술이 더 좋아요.'

'저도 전통적인 예술이 더 좋아요. 저는 항상 전통적인 것들을 좋아했어요.' 성태가 그렇게 말하고 창 밖을 봤어요.

마침내 성태는 저수지에 도착했어요. 성태는 택시비를 내고 택시에서 내렸어요. 그리고 주변을 둘러봤어요. 볼 것이 정말 많았어요. 그렇지만 **집중해야** 해요! 이제 임무가 거의 다 끝났어요.

성태는 세 번째 사람의 집이 어디인지 잘 몰랐어요. 성태는 길에서 어떤 남자에게 주소를 보여줬어요. '실례합니다. 여기에 어떻게 갑니까?' 성태가 물었어요.

'아, 여기 알아요. 배를 빌려주는 가게 옆이에요.' 남자가 대답했어요. 그리고 길을 알려 줬어요.

'고마워요!' 성태가 남자에게 인사하고 걸어갔어요.

성태는 **건강**을 위해서 걷기로 했어요. 또, 성태는 중요한 일을 해야 해요. 걸으면서 그 일에 대해서 생각할 수 있었어요.

마침내 성태가 배를 빌려주는 가게에 도착했어요. 그 옆에 작은 나무집이 있었어요. *이번에는 집에 사람이 있으면 좋겠어!* 성태가 생각했어요. 성태는 분당에 사는 정미를 생각했어요. 성태는 기다리는 것을 좋아하지 않았어요.

성태는 초인종을 눌렀어요. 젊은 남자가 문을 열었어요. 30 살 정도 돼 보였어요. 성태와 조금 **닮았어요**. 그렇지만 턱수염은 없었어요. '안녕하세요, 무엇을 도와드릴까요? 배를 빌리고 싶으세요? 아니면 여행을 예약하고 싶으세요?' 남자가 물었어요.

'아니요. 내 이름은 성태예요. 선생님과 이야기를 하고 싶어요.' 성태가 말했어요.

'선생님이라고 안 부르셔도 돼요. 정태라고 부르세요.'

'네, 정태 씨. 정태 씨와 이야기하고 싶어요.'

'물론이에요. 들어오세요.'

성태는 주변을 둘러봤어요. 집은 전통적이고 **소박했어요**. 이 집의 주인도 전통적이고 소박한 것 같았어요. 정태는 소박한 옷을 입고 있었어요. 정태는 전통적인 것을 좋아했어요. 모든 것이 깨끗했어요.

'저와 무슨 이야기를 하고 싶으세요?' 정태가 물었어요. 그리고 성태가 상자에 대해서 이야기하려고 했어요. 그때 성태는 정태의 손을 봤어요. 정태는 **반지를 끼고** 있었어요. 반지에 숫자가 쓰여져 있었어요. 성태는 웃었어요.

'왜 웃으세요?' 정태가 걱정스럽게 물었어요.

'더 어려울 것이라고 생각했어요.'

'네?' 정태가 물었어요.

'정태 씨 반지요… 누가 줬어요?'

'몇 년 전에 받은 선물이에요. 제가 어릴 때 받았어요. 그렇지만 누가 줬는지 몰라요. 옛날에는 목걸이였어요.'

성태가 숫자를 봤어요. 숫자 세 개를 모두 찾았어요. 임무가 끝났어요… 거의요. 할 일이 더 있었어요.

'정태 씨, 이 사진을 보세요.' 성태가 말했어요. 그리고 정태에게 나무 상자의 사진을 보여줬어요. '이 상자에는 자물쇠가 있어요. 자물쇠를 열기 위해서 숫자 세 개가 필요해요. 세 사람이 숫자를 가지고 있어요. 정태 씨는 그 중 한 명이에요.'

정태가 성태를 이상하게 봤어요. 그리고 물었어요.

'상자 안에는 무엇이 있어요?'

'그건 지금 말할 수 없어요.'

'그렇지만 왜 제가 그 숫자를 가지고 있어요?'

'그것도 말할 수 없어요.' 성태가 대답했어요. 성태는 더 이상 말하고 싶지 않았어요. 아직은요.

성태는 정태에게 편지를 주고 말했어요. '이 편지를 읽으세요. 다른 두 사람도 똑같은 편지를 가지고 있어요. 편지에 정태 씨가 해야 할 일이 쓰여져 있어요. 나는 이제 가야 돼요. 나를 믿으세요. 곧 다시 만날 거예요.' 성태는 정태 집을 떠났어요.

정태는 놀랐어요. 무엇을 해야 할지 몰랐어요. 그래서 편지를 열어서 읽었어요.

정수, 정미, 정태 씨에게

*편지를 읽어 줘서 고마워요. 여러분이 숫자를 찾아 줬어요. **각각의** 숫자는 아무 **의미**도 없어요. 숫자를 가진 사람이 두 명 더 있어요. 세 개의 숫자가 모이면 나무 상자를 열 수 있어요. 상자는 파주에 있는 우리 집에 있어요. 세 사람을 초대하고 싶어요. 삼 일 후에 우리 집에서 만나요.*

*나한테 **연락하지** 마세요. 곧 내가 누구인지 알게 될 거예요. 그렇지만 오늘은 아니에요. 조심히 와요!*

성태가

삼 일 후 정수와 정미, 그리고 정태는 파주에 도착했어요. 그리고 편지에 쓰여져 있는 주소로 갔어요.

정미와 정태가 먼저 도착했어요. 그리고 정수가 도착했어요.

'안녕하세요.' 정수가 인사했어요.

'안녕하세요.' 정미와 정태도 인사했어요.

세 사람은 아무 말도 하지 않았어요. 마침내 정수가 물었어요. '여기에서 뭐 하는 거예요?'

'편지를 읽었어요?' 정미가 흥분해서 말했어요.

'네.' 정수와 정태가 대답했어요.

'그렇지만 무슨 일인지 모르겠어요.' 정수가 말했어요.

'집에 들어가 봐요.' 정미가 말하고 초인종을 눌렀어요.

성태가 문을 열었어요. 성태는 좋은 옷을 입고 있었어요. 오늘은 중요한 날이니까요. '안녕하세요.' 성태가 침착하게 말했어요. '들어오세요. 와 줘서 고마워요.'

집은 깨끗하고 소박했어요. 아주 전통적이었어요. 성태가 차를 줬지만 아무도 마시지 않았어요. 모두 너무 **긴장했어요**. 마침내 성태는 미소를 짓고 말했어요. '따라오세요.'

성태는 정태와 정미, 그리고 정수와 같이 방에 갔어요. 방 안에는 나무 상자가 있었어요. 세 사람은 숫자를 가지고 있었어요. 이제 상자를 열 수 있었어요.

정수가 먼저 시작했어요. 그리고 정미가 숫자를 넣고 마지막으로 정태가 숫자를 넣었어요. 그때 자물쇠에서 '찰칵' 소리가 났어요. 정태가 상자를 열었어요.

상자에는 물건이 많이 있었어요. 물건들 위에 편지가 하나 더 있었어요. 정태가 웃었어요. '하하! 또 편지야?'

'누가 읽고 싶어요?' 정미가 물었어요.

'제가 읽을게요.' 정수가 말했어요.

정수가 상자에서 편지를 꺼냈어요. 그리고 큰소리로 편지를 읽었어요.

정수, 정미, 정태에게,

*안녕. 와 줘서 고마워. 특별한 이유가 있어서 세 사람을 불렀어. 세 사람이 **입양된** 것을, 세 사람 모두 알고 있을 거야. 내가 **입양 기관**에서 확인했어.*

정수의 손이 떨렸어요. '두 사람도 입양됐어요?'

'네.' 정태가 말했어요.

'나도 입양됐어요. 계속 읽어 보세요.' 정미가 말했어요.

*세 사람은… **남매**야. 나는 세 사람의 **삼촌**이야. 세 사람의 엄마는 나의 누나야. 세 사람의 엄마와 아빠는 **사고**로 **돌아가셨어**. 정수가 태어나고 나서 얼마 후에 사고가 있었어. 이 물건들은 세 사람의 부모님 물건이야. 목걸이도.*

끔찍한 *사고 후에 내가 세 사람의 **유일한** 가족이었어. 내가 이 가족을 지키려고 했어. 그렇지만 혼자서 어린이 두 명과 아기 한 명을 돌볼 수 없었어. 그래서 세 사람이 입양됐어. **보육원**에 보내고 싶지 않았어. 세 사람이 부모님과 살기를 바랐어. 세 사람을 사랑하는 부모님과. 그래서 입양 기관에 연락했어.*

*이제 세 사람은 **성인**이야. 이제 말하고 싶어. 세 사람을 사랑하는 가족이 각자의 집에 있어. 그렇지만 다른 가족도 있어. 옆을 봐. 세 사람은 남매야. 그리고 삼촌도 있어 – 나야!*

삼촌 성태가,

　정수와 정미와 정태는 서로를 봤어요. 그리고 뒤로
돌았어요. 성태가 있었어요. 삼촌이에요. 성태가 세
사람을 보고 미소를 지었어요. '할 말이 정말 많아.' 성태가
침착하게 말했어요.

제 3장 복습

줄거리

성태는 청주로 갔어요. 그리고 정태의 집에 갔어요. 정태는 세 번째 숫자를 가지고 있었어요. 성태는 정수, 정미 그리고 정태를 자신의 집으로 초대했어요. 세 사람은 파주에 도착했어요. 세 사람은 성태의 집에 가서 숫자를 자물쇠에 넣었어요. 나무 상자가 열렸어요. 거기에는 많은 것들이 있었어요. 거기에는 편지도 있었어요. 그 편지에는 세 사람이 남매이고 성태는 세 사람의 삼촌이라고 쓰여져 있었어요.

어휘

명암 저수지 Myong Am reservoir
현대 미술관 museum of contemporary arts
지나가다 to pass by
예술 작품 artwork
현대적이다 to be modern
집중하다 to concentrate, to focus
건강 health
닮다 to look like, to take after
소박하다 to be simple, humble and modest
반지를 끼다 to be wearing a ring; to put on a ring
각각(의) each
의미 meaning, significance
연락하다 to contact, to get in touch
긴장하다 to be tense, to be nervous, to be edgy
입양되다 to be adopted
입양 기관 adoption agency

남매 brother(s) and sister(s)

삼촌 uncle

사고 accident

돌아가시다 (honorific) to pass away

끔찍하다 to be terrible, to be horrible

유일하다 to be the sole, to be unique, one and only

보육원 orphanage

성인 adult

이해도 평가

각 질문에 한 개의 답을 고르세요.

11) 분당을 떠난 후에 마지막으로 성태는 ____(으)로 갔어요.
   a. 서울
   b. 청주
   c. 분당
   d. 파주

12) 성태는 택시 기사에게 ____에 대해서 이야기했어요.
   a. 택시 기사의 가족
   b. 성태의 가족
   c. 미술관
   d. 성태의 서울 여행

13) 정태는 ____에서 살았어요.
   a. 공원 근처
   b. 배 위
   c. 작은 마을
   d. 저수지 근처

14) 나무 상자 안에는 _____이 있었어요.
   a. 편지 한 통
   b. 편지 한 통과 다른 것들
   c. 세 사람의 부모님의 편지 한 통
   d. 돈

15) 정수, 정미와 정태는 _____이었어요/였어요.
   a. 사촌
   b. 남매
   c. 친구
   d. 자녀

새로운 땅

제1장 – 새로운 땅

몇 백 년 전, **북유럽**에 바이킹들이 살았어요. 이 때가 바이킹 **시대**예요. 바이킹들이 사는 곳은 추웠어요. 그리고 산이 많았어요. 그래서 농사를 지을 수 없어서 음식이 많이 없었어요. 그래서 바이킹들은 항상 새 **땅**을 찾고 있었어요.

바이킹 시대 때 한 마을이 있었어요. 그 마을의 이름은 아스글로르였어요. 아스글로르에 한 젊은 남자가 살고 있었어요. 그 남자는 20 살이 조금 넘었어요. 남자의 이름은 토릭이었어요.

토릭은 정말 튼튼했어요. 키도 크고 얼굴도 **잘생겼어요**. 머리는 길고 갈색이었어요. 코와 입은 컸어요. 팔과 다리는 튼튼했어요.

어느 날 오후, 토릭은 **사냥을 하고** 집에 돌아왔어요. 그날은 날씨가 좋았어요. 그렇지만 조금 추웠어요. 집에 가는 길에 토릭은 유명한 **탐험가**를 봤어요. 탐험가의 이름은 나일스였어요. 나일스는 오랫동안 아스글로르를 떠나 있었어요. 새 땅을 찾기 위해서 탐험하고 있었어요. 농사를 지을 수 있는 새 땅을요.

토릭은 나일스에게 손을 흔들었어요. '안녕!' 토릭이 인사했어요.

'토릭!' 나일스가 대답했어요.

'나일스, 아직 안 갔어?'

'응, **이틀** 더 있을 거야.'

'이번에는 어디로 가?'

'자세히는 몰라. 에스콜 대장님이 아주 먼 곳이라고 하셨어.'

토릭은 에스콜 대장을 **존경했어요**. 에스콜은 몸도 크고 머리도 정말 길었어요! **근육도** 많았고 **목소리도 굵었어요**. 에스콜은 아주 **엄격한** 사람이었어요. 자신만의 **규칙**과 **규율**이 많았어요. 가끔은 **심술궂기도** 했어요. 그렇지만 대부분의 사람들은 에스콜을 좋은 대장이라고 생각했어요.

'에스콜 대장님은 새 계획이 있어?' 토릭이 물어봤어요. 토릭은 에스콜의 탐험에 대해서 **관심이 많았어요**.

'응. 그런데 우리한테 말을 안 해 주셨어. 멀리 가야 한다고만 하셨어.'

에스콜 대장은 **종종 원정대를** 보냈어요. 원정대는 마을 밖을 탐험했어요. 아스글로르는 작은 곳이었어요. 산과 작은 호수 옆에 있었어요. 호수 근처에는 강이 있었고 강이 바다로 **이어져** 있었어요. 여름에는 먹을 것이 많았어요. 그렇지만 겨울에는 동물도 없고 **식물도** 없었어요. 먹을 것이 별로 없었어요. 지난 겨울에 사람들이 많이 죽었어요. 에스콜 대장은 알았어요. 바이킹들에게 곧 새 땅이 필요하다는 것을요.

'좋은 소식이야. 이번 겨울에는 먹을 것이 **부족하지** 않았으면 좋겠어.' 토릭이 말했어요.

'맞아. 우리 가족은 더 잘 먹어야 돼. 가족들에게 항상 고기만 줄 수는 없어.'

토릭은 나일스의 가족을 본 적이 없었어요. 나일스의 아버지만 알았어요. 나일스의 아버지도 유명한 탐험가였어요.

'나일스, 나 이제 가야 돼. 방금 동물을 사냥했어. 이제 우리 가족이 그 고기를 팔 거야.' 토릭이 말했어요.

'그래, 좋은 하루 보내, 토릭.'

토릭은 집으로 돌아갔어요. 부모님과 동생과 같이 이야기를 했어요. 토릭의 가족은 농부였어요. 땅이 조금 있었어요. 그 땅에서 농사를 지었어요. 동물도 키웠어요. 그리고 토릭이 사냥으로 잡은 동물의 고기는 팔았어요. 돈은 벌었지만 항상 부족했어요.

그날 밤, 토릭은 잠을 잘 수 없었어요. 생각할 것이 너무 많았어요. 에스콜 대장님과 이번 원정대가 가는 곳이 궁금했어요.

이틀 후 토릭은 다시 사냥을 하러 갔어요. 동물이 많이 없었어요. 겨울이 오고 있었어요. 동물을 찾는 것이 더 힘들어졌어요.

토릭은 마을에서 또 나일스를 만났어요. 나일스는 빠르게 걸어가고 있었어요. '토릭! 빨리 와!' 나일스가 소리쳤어요.

'무슨 일이야, 나일스?'

'에스콜 대장님과 회의를 할 거야. 마을 사람들 모두가 회의에 가야 돼.'

'회의에서 대장님이 계획을 설명해 주셔?'

'그럴 것 같아! 나는 지금 가야 돼. 너도 얼른 와!'

토릭은 집에 고기를 두고 **대저택**으로 갔어요. 대저택은 나무로 만들어진 아주 큰 건물이었어요. 벽에는 바이킹 **신**들의 그림이 많이 있었어요. 대저택은 에스콜 대장의 집이었어요. 그곳에서 에스콜은 아내와 네 명의 아이들과 살았어요. 그리고 마을을 위해서 일하는 사람들도 그곳에서 살았어요.

에스콜은 대저택에서 회의를 많이 했어요. 회의를 할 때 에스콜 대장은 모든 사람들을 다 불렀어요. 마을의 모든 사람들이 왔어요. 사람들은 항상 회의에서 중요한 정보를 **얻었어요**. 그리고 이번 회의에서 사람들은 정말 중요한 정보를 얻었어요.

제1장 복습

줄거리

토릭은 바이킹이었어요. 토릭은 아스글로르라고 하는 마을에서 살았어요. 에스콜은 원정대의 대장이었어요. 나일스는 탐험가였어요. 나일스는 에스콜 대장과 함께 새로운 땅을 찾고 있었어요. 나일스는 토릭에게 에스콜 대장에게 새로운 계획이 있다고 말했어요. 에스콜은 더 먼 곳을 탐험하고 싶었어요. 에스콜 대장은 대저택에서 회의를 했어요. 마을의 모든 사람들이 중요한 정보를 얻기 위해서 모였어요.

어휘

북유럽 Northern Europe
시대 era, a period in time, days
땅 land
잘생기다 to be good-looking, to be handsome
사냥을 하다 to hunt, to go hunting
탐험가 explorer
이틀 two days
존경하다 to look up to, to respect
근육 muscle
목소리가 굵다 to have a deep voice
엄격하다 to be strict
규칙 rules, regulations
규율 dicipline
심술궂다 to be mean and playful
관심이 많다 to have a lot of interest
종종 sometimes; often
원정대 expedition team
이어지다 to be connected to, to continue onto
식물 plant

부족하다 to not be enough, to lack
대저택 mansion, great hall
신 god
얻다 to obtain, to acquire, to get

이해도 평가

각 질문에 한 개의 답을 고르세요.

1) 토릭은 _____.
    a. 농사를 지었어요
    b. 탐험을 했어요
    c. 사냥을 했어요
    d. 동물을 샀어요

2) 나일스는 _____이었어요/였어요.
    a. 탐험가
    b. 사냥꾼
    c. 대장
    d. 농부

3) 에스콜은_____이었어요/였어요.
    a. 탐험가 대장
    b. 건물 관리인
    c. 농부
    d. 마을의 대표

4) 아스글로르 마을은 _____.
    a. 항상 음식이 많이 있었어요
    b. 여름에 음식이 좀 더 필요했어요
    c. 겨울에 음식이 좀 더 필요했어요
    d. 사냥꾼이 좀 더 필요했어요

5) 나일스는 에스콜이 ___에 대해서 회의를 할 것이라고
   생각했어요.
   a. 아스글로르의 음식 부족
   b. 나일스의 계획
   c. 토릭의 사냥 계획
   d. 에스콜의 탐험 계획

제2장 – 서쪽으로 가다

토릭의 생각이 맞았어요. 회의에서 에스콜은 다음 원정에 대해서 설명했어요. 나일스의 말이 맞았어요. 에스콜은 먼 곳으로, **훨씬 더 먼 곳으로** 갈 거예요.

에스콜은 새 계획을 **발표했어요**. 에스콜은 산과 호수를 **넘어서** 가고 싶어했어요. 그리고 강을 따라서 바다까지 가고 싶어했어요. 그리고 새 땅을 찾기 위해서 바다를 여행할 거예요. 에스콜의 계획은 최대한 **서쪽**으로 가는 것이었어요.

아스글로르 사람들은 놀랐어요. 토릭과 나일스도 놀랐어요. 그렇지만 모두들 **찬성했어요**. 사람들은 모두 같이 원정을 계획했어요.

한 달이 천천히 지나갔어요. 이제 거의 겨울이었어요. 아스글로르 사람들은 곧 더 많은 음식이 필요할 거예요. 배고픈 겨울은 이번이 마지막이었으면 좋겠어요.

나일스는 배를 만들었어요. 강 주변의 나무로 만들었어요. 에스콜이 자주 와서 봤어요. 에스콜은 언제 배가 **완성되는지** 알고 싶었어요.

'나일스, 언제 출발할 수 있어? 배 몇 척은 벌써 강에 있군.' 에스콜이 물었어요. 그리고 심각한 목소리로 말했어요. '곧 출발해야 돼.'

'잘 모르겠어요, 대장님. 아마도 일주일 후? 더 빨리 끝날 수도 있어요.'

'일주일? 좋아!'

'네, 나무가 좋아요. 아주 튼튼해요. 그리고 배를 만드는 사람들 실력이 아주 좋아요.' 나일스가 에스콜에게 **보고했어요**.

그날 밤, 에스콜은 대저택에서 두 번째 회의를 했어요. 누가 **원정을 떠날지 정할** 시간이었어요. 75명만 배에 탈 수 있었어요. 한 사람 한 사람 손을 들었어요. 대부분이 **전사**들이었어요. 전사들은 **훈련**을 아주 많이 했어요. 원정에 도움이 될 거예요.

토릭도 가고 싶었어요. 토릭은 전사는 아니었지만 사냥을 아주 잘했어요. 원정대가 음식을 **구하는** 것은 중요한 일이었어요. 토릭도 손을 들었어요.

'우리는 우리가 가는 곳에 어떤 음식이 있는지 몰라요. **사냥꾼**이 필요하실 거예요. 저는 어디에서든, 무엇이든 사냥할 수 있어요.' 토릭이 대장에게 말했어요.

에스콜이 토릭을 보고 말했어요. '좋아, 같이 가자.'

그때부터 토릭은 원정 가는 날을 기다렸어요. 원정 가는 날 에스콜과 나일스, 그리고 토릭과 다른 바이킹들은 배를 타고 떠날 준비를 했어요. 원정대는 신들에게 **기도했어요**. 그리고 가족들과도 **작별 인사를 했어요**.

에스콜이 원정하는 동안 에스콜의 아내가 마을을 **관리할** 거예요. 긴 여행이 될 거예요. 마침내 원정대는 배에 탔어요. 그리고 원정을 시작했어요.

배 세 척이 서쪽으로 가기 시작했어요. 배의 **상태**는 아주 좋았어요. 모든 사람들이 행복했어요. 처음 몇 주는 아무 문제가 없었어요.

몇 주 동안 배는 멀리 갔어요. 아직 새 땅은 보지 못했어요. 물만 보였어요. 새는 한 마리도 못 봤어요. 새는 땅 근처에만 있어요.

사람들이 에스콜에게 질문하기 시작했어요.

'대장님, 정말 서쪽에 땅이 있어요?'

'그래. 나는 정말 있다고 생각해.'

'땅을 못 찾으면 어떡해요?'

에스콜은 화가 났어요. '우리는 **실패하지 않을 거야!**' 에스콜이 소리쳤어요. '서쪽에 땅이 있어. 서쪽에 땅이 있다고 들었어. 나에게 그 말을 한 사람은 직접 땅을 봤어. 알겠어? 이제 **저리 가!**' 대장이 말했어요. 대화는 끝났어요.

에스콜은 강한 사람이었어요. 그리고 **고집이 셌어요.** 사람들이 에스콜의 **결정**을 믿지 않고 질문하는 것을 좋아하지 않았어요. 그렇지만 에스콜은 알고 있었어요. 다른 사람들은 에스콜처럼 **믿음**이 강하지 않았고 모든 것이 **불확실했어요.** 에스콜은 원정대에게 이야기하기로 했어요.

'서쪽에는 땅이 있다! 증명할 수 있어! 알겠어? **증거가** 있어!' 에스콜이 원정대에게 소리쳤어요. 그리고 작은 **천 조각**을 들었어요. 천에는 이상한 그림이 있었어요. '봐! 모두 나를 믿어야 해! 서쪽에 땅이 있어!'

바이킹들은 조용히 노를 저었어요. 그렇지만 모두 한 가지가 궁금했어요. *누가 에스콜 대장에게 서쪽 땅에 대해서 말했을까?*

그날 오후, 갑자기 비가 내렸어요. 바람도 **세게** 불었어요. **태풍이 불었어요.** 원정대는 그렇게 큰 태풍을 본 적이 없었어요. 태풍 때문에 노를 젓기 힘들었어요.

마침내 태풍이 멈췄어요. 원정대는 다시 하늘을 볼 수 있었어요. 에스콜은 배를 확인했어요. 에스콜은 화가 났어요. 태풍 때문에 배가 가는 길이 바뀌었어요! 에스콜은 지금 원정대가 어디에 있는지 몰랐어요. 그렇지만 그 이야기는 할 수 없었어요. 서쪽에 땅이 있다고 믿을 수 밖에 없었어요.

며칠 후 토릭은 일찍 일어났어요. 그리고 하늘을 봤어요. 그리고 갑자기 무언가를 봤어요. 처음에는 믿을 수 없었어요. 토릭은 다시 하늘을 봤어요. 네, 정말 거기에 있었어요!

토릭은 나일스에게 달려갔어요. '나일스! 나일스! 일어나!' 토릭이 소리쳤어요.

'무슨 일이야?' 나일스가 대답했어요. 나일스는 아직 일어나지 않았어요.

'새가 있어!'

'뭐?'

'하늘에 새가 있어! 근처에 땅이 있을 거야!'

나일스가 눈을 떴어요. 그리고 하늘을 봤어요. 서쪽에 새가 있었어요. '정말이야!' 나일스도 소리쳤어요.

나일스는 일어났어요. 대장에게 보고해야 해요. 토릭도 나일스와 같이 갔어요. '에스콜 대장님, 일어나세요!' 나일스가 소리쳤어요.

에스콜이 얼른 일어났어요. '나일스? 토릭? 무슨 일이야?'

'하늘에 새가 있어요!' 나일스가 소리쳤어요.

'땅이 있어요!' 토릭도 소리쳤어요.

에스콜도 일어났어요. 그리고 소리쳤어요. '노를 저어! 얼른! 일어나! 모두 일어나! 땅이 근처에 있어! 노를 저어!'

원정대는 열심히 노를 저었어요. 그리고 마침내 땅이 보였어요. 원정대는 해변 근처에 배를 세웠어요. 해변은 아주 길었어요. 해변 근처에는 나무와 산도 많았어요. 아름다웠어요.

원정대는 배에서 내렸어요. 에스콜은 원정대를 작은 그룹으로 **나눴어요**. 그리고 첫 번째 그룹에게 말했어요. '너희들은 가서 **나뭇가지를** 가져 와. **불을 피워야** 돼.' 그리고 에스콜은 토릭과 나일스를 봤어요. '이제 배에 음식이 별로 없어. 사냥을 해야 돼. 가서 동물을 사냥해.'

토릭과 나일스는 사냥을 했어요. 그렇지만 모든 것이 이상했어요. 나무들도 달랐고 동물들도 달랐어요. 그렇지만 원정대는 배가 고팠어요. 모르는 동물을 잡아서 먹었어요. 고기는 아스글로르의 고기와 달랐지만 나쁘지 않았어요.

그날 밤 에스콜이 원정대에게 말했어요. '이제 우리에게는 음식이 있어. 그 사실에 감사해야 돼. 이제는 탐험을 해야 돼. 이 해변 뒤에 무엇이 있는지 봐야 돼. 여기에서 농사를 지을 수 있는지 봐야 돼. 여기에서 농사를 지을 수 있으면 다른 사람들도 이곳에 올 수 있을 거야.'

원정대 중 한 사람이 에스콜에게 물었어요. '우리가 어디에 있는지 어떻게 알아요? 우리들 중 몇 사람은 태풍 때문에 길이 바뀌었다고 생각해요.'

에스콜은 잠시 말을 하지 않았어요. 그리고 결국 아무 말도 안 했어요. 그 질문을 무시했어요. 그리고 말했어요. '이 곳을 탐험해야 돼. 내일 아침에 **해가 뜨면** 시작할 거야.'

제2장 복습

줄거리

에스콜은 마을 사람들에게 탐험 계획을 말했어요. 이번 원정대는 서쪽으로 갈 거예요. 토릭도 나일스와 함께 갈 거예요. 탐험이 시작됐어요. 사람들은 서쪽에 정말 땅이 있는지 믿기 힘들었어요. 에스콜 대장은 증거를 보여 줬어요. 그날 오후, 태풍이 불었어요. 배는 길을 잃었어요. 그렇지만 원정대는 땅을 찾았어요. 그리고 배에서 내렸어요. 토릭과 나일스는 동물을 사냥했어요. 원정대는 다음날 무엇을 할지 계획하기 시작했어요.

어휘

발표하다 to announce, to reveal
넘다 to go beyond, to go over, to cross over
서쪽 west
찬성하다 to agree, to consent, to approve
완성되다 to be completed
보고하다 to report
원정을 떠나다 = 원정을 가다 to go on an expedition
정하다 to decide, to determine
전사 warrior
훈련 training, drill, exercise
구하다 to search for, to find; to save
사냥꾼 hunter
기도하다 to pray
작별 인사를 하다 to say goodbye, to bid farewell
관리하다 to manage
상태 condition, state
실패하다 to fail

저리 가! Go away!

고집이 세다 to be stubborn

결정 decision

믿음 belief

불확실하다 to be uncertain

증거 evidence, proof

천 조각 a scrap of cloth

세다 to be strong

태풍이 불다 there is a storm, a typhoon blows

나누다 to divide

나뭇가지 twig, (tree) branch

불을 피우다 to make/start a fire

해가 뜨다 the sun rises

이해도 평가

각 질문에 한 개의 답을 고르세요.

6) 몇 명이 원정을 떠났어요?
   a. 30
   b. 60
   c. 75
   d. 85

7) 원정대에는 몇 척의 배가 있었어요?
   a. 2
   b. 3
   c. 4
   d. 5

8) 여행을 가는 길에 ____.
   a. 원정대는 다른 바이킹들에게 공격을 당했어요
   b. 서로 갈라졌어요
   c. 원정대의 배가 고장나서 앞으로 갈 수 없었어요
   d. 큰 태풍이 불었어요

9) 하늘의 새들을 처음 본 사람은 누구예요?
   a. 토릭
   b. 나일스
   c. 에스콜 대장
   d. 나일스의 아버지

10) 바이킹들은 어떤 순서로 일을 했어요?
   a. 땅을 탐험하고, 사냥하고, 음식을 먹었어요
   b. 음식을 먹고, 사냥하고, 땅을 탐험했어요
   c. 사냥하고, 음식을 먹고, 땅을 탐험했어요.
   d. 사냥하고, 땅을 탐험하고, 음식을 먹었어요.

제3장 – 결정

해가 뜰 때 원정대도 일어났어요. 배에 있는 음식을 조금 먹었어요. 그리고 어제 사냥한 것도 먹었어요.

토릭은 아침을 먹고 에스콜에게 갔어요. '안녕하세요, 대장님.'

'안녕 토릭. 뭐, 필요한 게 있어?'

'대장님과 이야기하고 싶어요.'

'말해 봐.'

토릭은 궁금한 게 있었어요. '우리가 여행을 시작할 때 사람들은 대장님을 **의심했어요.** 궁금한 게 많이 있었어요. 서쪽에 땅이 있는지 몰랐어요. 그렇지만 대장님은 좋은 **지도자**예요. 우리는 이 땅에 **안전하게** 도착했어요.'

'그래. 무슨 말을 하고 싶은 거야?'

'대장님에게 이 땅에 대해서 말해 준 사람이요. 그 증거를 준 사람이요. 그 사람이 누구예요?'

'나한테 이 땅에 대해서 말해 준 사람?'

'네. 맞아요.'

에스콜이 주변을 돌아봤어요.

'무슨 문제가 있어요?'

'나일스는 어디에 있어?'

'아침을 먹고 있는 것 같아요.'

'나한테 이 땅에 대해서 말해 준 사람은 나일스의 아버지야.'

'나일스의 아버지요?'

'그래.'

토릭은 매우 놀랐어요. *나일스의 아버지가?* 그렇지만 나일스의 아버지는 돌아가셨어요. 토릭은 이해할 수 없었어요. '나일스의 아버지는 지난 원정 때 돌아가셨잖아요. 그리고 그때 원정대는 **동쪽**으로 갔잖아요. 그리고 나일스의 아버지는 산에서 **떨어지셨잖아요.**'

'아니야. 그건 거짓말이야. 서쪽으로 갔어. 비밀 원정이었어. 아무도 몰랐어.'

'나일스의 아버지를 이 섬에 혼자 보냈어요?'

'아니, 13 명이 같이 갔어. 두 명은 여기에 도착하기 전에 배에서 죽었어. 여덟 명은 여기에서 죽었어. 나일스의 아버지와 다른 두 사람은 아스글로르에 돌아왔어. 그렇지만 바로 죽었어. **탈진**으로 죽었어. **살릴** 수 없었어. 나일스의 아버지가 죽기 전에 이 땅에 대해서 말해 줬어. 그리고 이걸 줬어.'

에스콜이 천을 탁자 위에 올렸어요. **글씨**가 쓰여져 있었어요. 토릭은 이런 것은 처음 봤어요. 토릭이 대장을 봤어요. 그래요, 에스콜은 증거를 가지고 있었어요. 그렇지만…

'어떻게 알았어요? 왜 서쪽에 사람들을 보냈어요?' 토릭이 물었어요. '서쪽에 아무것도 없다고 생각하셨잖아요.'

'**느낌**이 있었어.'

'느낌이 있었다고요?' 토릭은 놀라서 에스콜을 봤어요. '대장님의 느낌 때문에 나일스의 아버지가 죽었다고요?' 토릭이 가까이에서 에스콜을 봤어요. '나일스가 이걸 알면 대장님을 절대 **용서하지** 않을 거예요.'

에스콜이 토릭의 팔을 잡았어요. '나일스에게 말하면 안 돼. 나일스는 **최고**의 탐험가야. 나일스의 아버지처럼 좋은 탐험가야. 지금은 탐험에 집중해야 돼. 우리는 나일스가 필요해.'

'알았어요.' 토릭이 대답했어요.

'이제 가. 이 이야기는 다시는 하지 마.' 에스콜이 말했어요.

잠시 후, 원정대가 무기를 들었어요. 그리고 해변을 건너서 숲으로 들어갔어요. 탐험할 준비가 됐어요. 나일스가 원정대를 **이끌** 거예요.

오랫동안 걸었어요. 그리고 **언덕** 아래에서 무언가를 봤어요. 작은 마을이었어요. 나일스가 마을 사람들에게 손을 흔들었어요. 원정대는 탐험을 바로 멈췄어요.

나일스와 에스콜, 그리고 토릭이 가까이에서 마을을 봤어요. 마을은 이상해 보였어요. 집도 이상해 보였어요. 사람들의 피부는 아스글로르의 사람들보다 더 어두운 색이었어요. 이상한 옷을 입고 있었어요. 이상한 말을 했어요. 원정대는 혼란스러웠어요.

에스콜 대장이 먼저 마을로 갔어요. 다른 사람들도 같이 갔어요. 처음에 마을 사람들은 원정대를 무서워했어요. 어떤 사람들은 집으로 도망갔어요. 에스콜은 조심스럽게 **몸짓**을 했어요. 그리고 낮은 목소리로 말했어요. '해치지 않을 거예요.' 몇 번 말했어요. 그리고 몸짓도 했어요.

마을의 지도자가 나왔어요. 에스콜에게 마실 것을 줬어요. 마을 지도자가 '물'이라고 바이킹어로 말했어요. 에스콜이 놀라서 지도자를 봤어요. 그 사람은 바이킹어를 알고 있었어요!

에스콜이 마을 지도자와 오랫동안 이야기했어요. 마을 지도자가 **여러 가지**를 설명했어요. 마을 지도자는 바이킹어를 첫 원정대에게서 배웠어요. 이 지도자는 첫 원정대와 이야기를 했었어요!

그리고 마을 지도자는 첫 원정대에 대해서 설명했어요. 마을 사람들이 첫 원정대 사람들을 죽인 것이 아니었어요. 원정대를 도와주려고 했어요. 그렇지만 첫 원정대는 마을 사람들의 도움을 원하지 않았어요. 그래서 죽었어요. 어떤 사람들은 동물들 때문에 죽었어요. 어떤 사람들은 위험한 음식을 먹고 죽었어요. 어떤 사람들은 **병에 걸려서** 죽었어요.

마을 지도자와 이야기한 후 에스콜은 원정대를 불렀어요. 그리고 말했어요. '나는 오늘 많은 것을 배웠어. 우리가 오기 전에 바이킹 원정대가 여기 온 적이 있어. 그 사람들은 마을 사람들의 말을 듣지 않아서 죽었어.' 그리고 에스콜은 원정대를 봤어요. 에스콜은 아주 진지했어요.

에스콜이 계속 말했어요. '그 원정대는 아스글로르에 돌아왔어. 난 그 원정대를 만났어. 원정대가 이 땅에 대해서 말해 줬어. 그렇지만 그 사람들은 결국에 탈진으로 죽었어.'

원정대는 서로를 봤어요. *바이킹 원정대가 여기에 왔었어. 그래서 에스콜 대장이 이 땅에 대해서 알고 있었어!*

에스콜은 계속 말했어요. '우리는 결정해야 돼. 우리는 지금 여기가 어디인지 몰라. 태풍 때문에 **길을 잃었어**.' 원정대는 잠시 동안 조용했어요.

에스콜이 계속 말했어요. '이제 우리는 결정해야 돼. 여기에 있고 싶어? 여기에서 사는 방법을 배우고 싶어? 만약 여기에 있으면 마을 사람들이 우리를 도와줄 거야. 음식도 줄 거야. 우리에게 여기에서 사는 방법을 가르쳐 줄 거야.' 에스콜은 원정대를 봤어요. '아니면 집에 가고 싶어? 집에 가면 탈진으로 죽을 수도 있어.'

에스콜은 마을 사람들을 봤어요. '이 사람들은 좋은 사람들이야. 이 땅에 대해서 잘 알아. 이곳에서 농사도 지을 수 있어. 사냥도 할 수 있어. 이 사람들은 우리에게 이곳에 남으라고 했어. 나한테는 정말 쉬운 **선택**이야. 나는 이곳에 있을 거야.'

원정대가 에스콜을 봤어요. 한 사람이 물었어요. '그러면 우리는 가족들을 떠나야 돼요? 우리 친구들도 다시는 못 봐요? 안 돼요!'

다른 사람도 말했어요. '우리 배를 봐! 태풍 때문에 배가 **망가졌어!** 집에 안전하게 못 갈 거야. 나는 여기에 있고 싶어.'

에스콜이 원정대를 봤어요. '두 사람 다 맞아. 그래서 나 혼자 결정할 수 없어. **각자** 결정할 거야. 떠나고 싶으면 떠나도 좋아. **강요하지** 않을 거야. 여기에 있는 것도 좋아. 그렇지만 여기에서 나는 대장이 아니야.'

그 후 며칠 동안 사람들은 두 그룹으로 **나뉘었어요.** 한 그룹은 새 땅에 남아서 새로운 바이킹 마을을 만들 거예요. 다른 한 그룹은 집으로 갈 거예요.

한 달 후 두 번째 그룹이 떠났어요. 에스콜이 말했어요. '우리의 원정은 계획과 달랐어.'

'맞아요.' 나일스가 대답했어요. '대장님은 우리 마을을 도우려고 했어요. 그렇지만 원정은 계획과 달랐어요.

그렇지만 이곳은 좋은 곳이에요. 우리는 여기에서 살 수 있어요.'

'맞아요.' 토릭도 말했어요. '재미있어요. 새로운 곳에 있는 것도 좋아요.'

'우리는 계속해서 원정을 할 수 있어요. 새로운 **도전을** **할** 수 있어요. 걱정하지 마세요. 우리는 행복할 거예요.' 나일스가 미소를 지으면서 말했어요. '대장님.'

세 사람은 웃었어요. 세 사람은 다음 원정을 떠날 준비가 됐어요. 새로운 세상을 탐험할 거예요. 그 땅이 바로 **북아메리카**예요.

제3장 복습

줄거리

토릭은 에스콜 대장이 어떻게 새로운 땅에 대해서 알게 됐는지 물었어요. 에스콜은 몇 년 전에 서쪽으로 원정대를 보냈다고 말했어요. 그 원정대에서 오직 두 명만이 돌아왔어요. 그 두 사람은 탈진으로 죽었어요. 에스콜과 사람들은 새로운 땅을 탐험했어요. 그리고 작은 마을에 도착했어요. 마을의 지도자는 바이킹어를 할 수 있었어요. 지도자는 마을 사람들이 지난 원정대를 도우려 했었다고 말했어요. 그런데 사람들은 그 말을 듣지 않았고 그래서 죽었어요. 에스콜은 원정대가 각자 선택해야 한다고 말했어요. 몇몇 사람들은 집으로 돌아갈 거예요. 에스콜, 나일스 그리고 토릭은 남기로 결정했어요. 세 사람은 새 땅을 탐험해 보고 싶었어요. 그 땅은 나중에 북아메리카가 되었어요.

어휘

의심하다 to doubt, to get suspicious/doubtful (about something/ someone)
지도자 leader
안전하다 to be safe
동쪽 east
떨어지다 to fall
탈진 exhaustion
살리다 to save (someone), to let live, to spare one's life cf. 살다
글씨 handwriting; letter
느낌 feeling; hunch, inkling
용서하다 to forgive
최고 the best
이끌다 to lead (from the front)
언덕 hill
몸짓 gesture

여러 가지 various, many kinds
병에 걸리다 to fall sick, to catch a disease
길을 잃다 to get lost
선택 choice
망가지다 to break down, to be out of order, to be damaged
각자 each, individually
강요하다 to force
나뉘다 to be divided
도전을 하다 to challenge, to take on challenges
북아메리카 North America

이해도 평가

각 질문에 한 개의 답을 고르세요.

11) 누가 에스콜 대장에게 서쪽에 있는 땅에 대해서 말했어요?
   a. 에스콜의 아버지
   b. 토릭의 아버지
   c. 나일스의 아버지
   d. 마을의 지도자

12) 원정대는 ____을/를 봤어요.
   a. 바이킹 동물들
   b. 다른 바이킹 원정대
   c. 마을 사람들
   d. 농장

13) ____ 바이킹들은 두 그룹으로 나뉘었어요.
   a. 원하는 것이 달라서
   b. 배가 고파서
   c. 싸워야 해서
   d. 배가 멀어져서

14) 에스콜 대장은 ＿＿＿ 결심했어요.
   a. 바이킹 마을로 돌아가기로
   b. 남쪽으로 가기로
   c. 새로운 땅에 남기로
   d. 마을 사람들과 싸우기로

15) 이 이야기 속의 땅은 지금 ＿＿＿이에요/예요.
   a. 노르웨이
   b. 북아메리카
   c. 영국
   d. 남아메리카

투명 인간 지유

제1장 – 사건

지유는 **평범한** 사람이었어요. 키도 보통 키였어요. **몸무게도** 보통 몸무게였어요. 평범한 일을 했고 **월급도** 보통이었어요. **중간** 크기의 집에서 살았고 중간 크기의 차를 운전했어요. 심지어 중간 크기의 개가 있었어요! **기본적으로** 지유의 **삶**은 평범했어요.

또, 지유의 삶은 **단순했어요**. 사고도 없었어요. 지유는 대학교를 졸업하고 서울에서 일했어요. 지유는 **판매 관리 부서의 행정 직원**이에요. **야근**을 많이 했어요. **동료들**에 대해서 절대 나쁘게 말하지 않았어요. 정말 좋은 직원이었어요. 아주 일을 잘했어요.

지유는 서울이 좋았어요. 주말에는 친구들, 그리고 가족들과 시간을 보내는 것을 좋아했어요. 스포츠 클럽이나 영화관, 아니면 극장에 자주 갔어요. 지난주 지유와 지유의 남편은 아주 재미있는 영화를 봤어요. 그렇지만 지유는 가끔 조용한 시간을 원했어요. 그래서 지유는 가끔씩 주말에 서울을 떠났어요.

오늘 지유는 친구인 준호 그리고 연수와 같이 시골에 왔어요. 지유가 운전했어요. **고기를 구워서** 먹을 거예요.

지유는 시골에 도착해서 주차했어요. 나무가 많은 아름다운 곳이었어요. 지유가 주변을 둘러봤어요. '고기를 구워서 먹기 정말 좋은 곳이야!'

'맞아. 그런데 음식은 많이 있어?' 준호가 물었어요.

'물론이야. 준호, 네가 음식을 많이 좋아하잖아!' 지유가 말했어요. 세 사람은 웃었어요. 그리고 지유가 말했어요. '요리를 시작하자!'

지유와 준호, 연수는 차에서 음식을 **꺼냈어요**. 음악을 틀면서 고기를 준비했어요. 불을 준비하면서 지유는 핸드폰 메시지를 확인했어요.

'안 돼!' 지유가 말했어요. 메시지는 회사 **팀장**님의 메시지였어요. 지유가 회사의 **제조 팀**에 물건을 보내는 것을 **깜빡했어요**. 제조 팀은 지금 그 물건이 필요했어요! 지유는 제조 팀의 새로운 **직책**에 **지원했어요**. 월요일에 **면접**이 있어요. 이 일을 빨리 **해결해야** 해요!

지유는 친구들을 봤어요. 지유의 손에는 핸드폰이 있었어요. '연수야, 준호야, 나 전화 좀 하고 올게. 회사에 전화해야 돼.'

'지유야, 넌 항상 일만 해…' 준호가 말했어요.

'준호 말이 맞아.' 연수도 말했어요.

'알아, 알아…, 그렇지만 팀장님 메시지야. 팀장님이 화가 많이 났어.' 지유가 말했어요.

지유는 조금 걸어갔어요. 저녁이었어요. 벌써 어두워지고 있었어요. 그곳의 나무들은 컸어요.

지유는 회사에 전화를 했어요. **직원** 한 명이 전화를 받았어요. 그리고 팀장을 불러 줬어요. 지유는 기다렸어요.

팀장을 기다리면서 지유는 주변을 둘러봤어요. 갑자기 지유는 무언가를 봤어요. 나무들 사이에서 이상한 **빛**이 나오고 있었어요! 지유는 핸드폰을 주머니에 넣고 그쪽으로 갔어요.

거기에는 아름다운 **금속** 공이 있었어요. 지유는 이런 공을 본 적이 없었어요. 디자인이 특이했어요. 지유는 공을 만졌어요. 공은 차가웠어요. 그렇지만 **기분**이 꽤 좋았어요.

지유가 공을 **들어올렸어요**. 그때 갑자기 빛이 꺼졌어요. 느낌이 이상했어요. 공이 너무 차가웠어요. 기분이 이상했어요. 공을 **떨어뜨렸어요**. 그리고 다시 친구들에게 갔어요.

지유는 친구들에게 돌아갔어요. 친구들은 지유에 대해서 이야기하고 있었어요. '지유는 주말에 핸드폰을 꺼야 돼.' 준호가 말했어요.

'맞아. 일을 너무 많이 하는 건 좋지 않아. 몸도 **마음도** 가끔은 쉬어야 돼.'

지유가 친구들에게 걸어갔어요. '내 얘기를 하고 있었어?' 지유가 말하고 웃었어요. '알았어! 알았어! 이제 쉴 거야.'

준호와 연수는 아무 말도 하지 않았어요. 준호는 고기를 확인했어요. 지유의 친구들은 지유를 완전히 무시했어요. 지유를 보지도 않았어요.

'왜 무시해?' 지유가 물었어요. 지유가 준호에게 손을 흔들었어요. 지유는 가까이에서 연수의 얼굴을 봤어요. 그리고 시험해 봤어요. 친구들 옆에서 춤을 추고 팔을 흔들었어요. 연수는 주변을 돌아봤어요. 그렇지만 계속해서 지유를 무시했어요. 지유가 없는 것처럼 행동했어요!

준호와 연수는 계속해서 지유에 대해서 이야기했어요. '지유가 어디에 있는지 모르겠어. 전화를 오래 하는군. 걱정돼.' 준호가 말했어요.

'지유 알잖아. 회사 일을 하고 있을 거야. 곧 올 거야.'

그때 지유는 알았어요. 친구들은 지유를 볼 수 없었어요! 믿을 수 없었어요. 지유는 **투명 인간**이 됐어요! 텔레비전 드라마에서처럼요!

믿을 수 없어! 그런데 왜? 지유가 생각했어요. 갑자기 지유는 나무들 사이에서 본 이상한 물건을 기억했어요. *그 빛 때문일까? 그 공을 만져서 투명 인간이 된 걸까?* 지유는 이유를 확실히 몰랐어요.

지유는 무엇을 해야 할지 몰랐어요. 지유는 잠시 생각했어요. 그리고 마침내 결심했어요. *언제까지 사람들이 나를 볼 수 없을지 모르겠어. 그렇지만 지금은 확실히 사람들이 날 볼 수 없어! 이걸 즐길 거야!'*

지유는 친구들을 봤어요. 준호가 고기를 접시에 옮겼어요. 연수가 탁자에 차가운 음료수를 놓았어요. 지유는 두 사람의 대화를 들었어요.

'맞아, 준호야. 지유는 일을 많이 해. 그렇지만 일을 많이 하는 사람들은 많아. 그리고 봐! 지유에게는 좋은 기회야. 언젠가 **사장**이 될 수도 있어!'

'맞아. 그렇지만 지유는 돈을 많이 안 받아.' 준호가 말했어요.

'맞아. 그렇지만 앞으로 월급을 더 많이 받을 거야. 지유는 최고의 직원이야. 회사도 이제 그것을 알기 시작했어. 지유는 더 높이 올라갈 수 있어.'

'알아. 그렇지만 지유는 더 쉬어야 돼.'

'맞아. 지유는 더 쉬어야 돼.' 연수가 말하면서 요리를 계속했어요.

지유는 놀랐어요. 친구들은 지유를 많이 **존중했어요**. 지유는 몰랐어요. 두 사람은 지유에 대해서 좋은 이야기만 했어요! 지유는 행복하게 미소를 지었어요.

갑자기 준호의 목소리가 바뀌었어요. '그런데 정말로, 지유는 어디에 있을까?'

'정말 모르겠어. 가서 찾아 보자.'

지유의 친구들이 음악을 껐어요. 두 사람은 나무가 있는 곳으로 걸어갔어요. 두 사람은 이상한 공이 있는 곳으로 갔어요. 땅 위에 공이 있었어요. 준호가 먼저 공을 봤어요. '봐, 연수야. 이게 뭐야?' 준호가 공을 주웠어요. 그리고 공을 자세히 봤어요.

연수가 준호를 봤어요. '모르겠어. 그렇지만 만지지 마.'

준호가 놀라서 연수를 봤어요. '알았어.' 준호가 공을 나무 사이로 **던졌어요**. 두 사람은 계속해서 지유를 찾았어요.

잠시 후 준호와 연수는 다시 차로 돌아왔어요. 그런데 두 사람은 놀랐어요. 지유의 차가 없었어요! 준호가 연수를 봤어요. '무슨 일이야? 이거 게임이야?' 준호가 물었어요.

'나도 모르겠어. 전혀 모르겠어.' 연수가 대답했어요.

그동안 지유는 서울로 돌아가고 있었어요. 사람들은 지유를 볼 수 없었어요. 지유는 그것을 즐기고 싶었어요. 사람들이 많은 곳에서 즐기고 싶었어요. 지유가 운전하고 있을 때 친구들은 아주 중요한 전화를 했어요. **경찰**에요!

제1장 복습

줄거리

지유는 평범한 사람이었어요. 지유는 행정 직원이었어요. 어느 날, 지유와 친구들은 시골로 운전을 해서 갔어요. 세 사람은 고기를 구워 먹으려고 했어요. 친구들이 고기를 굽는 동안, 지유는 이상한 물건을 발견했어요. 지유는 그것을 만지고는 투명 인간이 됐어요. 아무도 지유를 보거나 찾을 수 없었어요. 지유는 서울로 돌아갔어요. 지유는 이 상황을 즐기고 싶었어요. 친구들은 걱정이 됐어요. 그래서 경찰에 전화를 했어요.

어휘

평범하다 to be ordinary
몸무게 body weight
월급 monthly salary
중간 medium (size); middle, centre
기본적으로 basically
삶 life
단순하다 to be simple
판매 관리 부서 sales management team
행정 직원 administrative staff
야근 overtime work (usually in the evening/night)
동료 colleague
굽다 to grill; to bake
꺼내다 to take out
팀장 team leader; manager
제조 팀 production team, manufacturing team
깜빡하다 to forget to do something, to forget (something)
직책 position

지원하다 to apply (for a position)
면접 (job) interview
해결하다 to resolve, to sort out, to settle
직원 employee, member of staff
빛 light
금속 metal
기분 one's feeling, mood
들어올리다 to lift, to pick up
떨어뜨리다 to drop (something/someone)
마음 mind
투명 인간 invisible person
사장 company president; MD
존중하다 to respect
던지다 to throw
경찰 the police

이해도 평가

각 질문에 한 개의 답을 고르세요.

1) 지유는 ＿＿＿이었어요/였어요.
   a. 행정 직원
   b. 요리사
   c. 운전 기사
   d. 건물 관리인

2) 지유는 ＿＿＿였어요.
   a. 아주 어린 아이
   b. 중간 키의 여자
   c. 아주 날씬한 여자
   d. 돈이 많은 여자

3) 지유의 가장 친한 친구들의 이름은 ____이었어요/
   였어요.
   a. 지유와 도영
   b. 진우와 수연
   c. 준호와 연수
   d. 정우과 은선

4) 친구들은 지유가 ____고 생각했어요.
   a. 새로운 직업을 찾아야 한다
   b. 일을 열심히 하고 있지 않다
   c. 일을 너무 많이 한다
   d. 더 좋은 직원이 될 수 있다

5) 지유는 ____로 결심했어요.
   a. 도움을 받기 위해서 서울로 돌아가기
   b. 친구들에게 전화하기
   c. 지금 상황을 즐기기
   d. 모르는 사람들의 의견을 듣기

제2장 – 거짓말

지유가 서울에 도착했어요. **삼청동** 근처에 주차했어요. 그리고 시내로 걸어갔어요. 아무도 지유를 보지 못했어요. 믿을 수 없었어요. 지유는 조용히 웃었어요. '정말 **대단해!**'

지유는 앞으로 할 일을 생각했어요. 재미있는 일들을 생각했어요. 지유는 웃었어요. **태어나서 처음으로,** 지유는 평범하지 않았어요!

지유는 계속해서 삼청동 거리를 걸었어요. 작은 가게들이 많았어요. 쇼핑을 하는 사람들도 많았고 가게 직원들도 많았어요.

지유는 가게에 들어갔어요. 사람들은 지유를 볼 수도 없었고 지유의 소리를 들을 수도 없었어요. 그렇지만 어떤 사람들은 지유를 **느낄** 수 있었어요. 지유는 조심해야 했어요. 지유는 신발과 옷을 들어서 봤어요. 그렇지만 다시 **내려놓았어요.** 투명 인간이 된 것은 좋았어요. 그렇지만 물건을 훔치고 싶지는 않았어요.

그 다음 지유는 인기가 많은 식당에 갔어요. 식당 앞에는 많은 사람들이 기다리고 있었어요. 지유는 사람들 사이를 걸어서 바로 식당으로 들어갔어요. *재미있어!* 지유가 생각했어요. 지유는 정말 투명 인간이 된 걸 즐기고 있었어요.

지유는 식당에 잠시 있었어요. 그때 지유가 재미있는 생각을 했어요. 지유는 사무실에 갈 거예요! 지금 팀장님이 일하고 있어요. 팀장님이 무슨 일을 하는지 보면 재미있을 거예요. 특히 팀장님이 지유를 볼 수 없을 때요.

지유는 사무실로 달려갔어요. 그리고 사무실 건물로 들어갔어요. 지유는 **보안** 데스크를 봤어요. 컴퓨터 **화면**에도 지유는 없었어요. CCTV도 지유를 **찍을** 수 없었어요. 지유는 안전했어요!

지유는 조금 기다렸어요. 다른 행정 직원이 건물로 들어왔어요. 그 남자는 지유의 사무실로 가고 있었어요. 지유는 그 남자와 같이 엘리베이터를 탔어요. 지유의 사무실은 7층에 있었어요. 이제 팀장님을 볼 시간이었어요!

엘리베이터 문이 열렸어요. 팀장의 이름은 권성미였어요. 권 팀장은 사무실 가운데 있었어요. 권 팀장이 다른 팀장들에게 이야기하고 있었어요. '우리 직원들은 일을 정말 열심히 해요. 그래서 어떤 직원들은 보너스를 받아요. 어떤 직원들은 **주식**을 받아요. 그렇지만 대부분의 직원들은 돈을 많이 받지 못해요. 월급이 **충분하지** 않아요. 이제 이것을 바꿔야 돼요. 우리 직원들은 돈을 더 많이 받아야 돼요.' 권 팀장이 말했어요.

지유는 믿을 수 없었어요. *권 팀장님이 직원들을 위해서 싸우고 있어! 생각도 못한 일이야!* 지유가 생각했어요.

'**예를 들어,** 우리 팀에도 직원이 있어요. 김지유 씨예요. 지유 씨는 우리 회사에서 5년 동안 일했어요. 정말 일을 많이 해요. 그렇지만 한 번도 월급 **인상**을 **요구한** 적이 없어요. 정말 좋은 직원이에요. 그렇지만 지금은 지유 씨에게 돈을 더 줄 수 없어요. 왜요? 요즘 회사에 돈이 많이 없어요. 지금은 회사를 운영하기 위해서 돈을 절약해야 돼요. 우리가 이걸 바꿔야 돼요!'

*믿을 수가 없어! 팀장님이 내가 좋은 직원이라고 말했어! 모든 사람들 앞에서! 내 **경력**에 도움이 될 거야!* 지유가 생각했어요. *그렇지만 회사에 돈이 많이 없어서 어떡해? 그런데 왜 돈이 많이 없을까? 하성모 팀장님이*

*큰 기술 프로젝트를 하고 있잖아. 그 프로젝트를 하면 돈을 많이 **벌** 수 있잖아.*

지유는 더 자세히 알고 싶었어요. 그리고 지금이 좋은 기회였어요. 지유는 지금 투명 인간이니까요. 모든 것을 다 볼 수 있어요!

지유는 하 팀장의 사무실로 갔어요. 하 팀장은 컴퓨터 프로그래밍 팀장이었어요. *하 팀장님의 아이디어를 훔치고 싶지는 않아. 왜 회사가 돈을 많이 못 버는지만 알고 싶어.* 지유가 생각했어요.

하 팀장은 정말 일을 잘했어요. 처음에는 **영업부**에서 일했어요. 영업부에 있을 때 하 팀장은 항상 물건을 많이 팔았어요. 그래서 **경영 팀**에 갔어요. 그리고 지금 큰 프로젝트를 하고 있어요. 돈을 많이 벌 수 있는 프로젝트예요. 회사가 곧 돈을 많이 벌 거예요.

지유는 하 팀장의 파일을 보기로 했어요. 지유는 권 팀장이 밖에서 말하는 소리를 들었어요. '하 팀장, 말해 주세요.' 권 팀장이 말했어요. '그 큰 기술 프로젝트를 하고 있잖아요. 돈을 많이 벌 수 있는 프로젝트요.'

하 팀장이 대답했어요. '정말 미안해요.' 그 프로젝트는 할 수 없어요. 너무 비싸요. 너무 많이 **투자해야** 돼요. 그리고 그 네트워크 프로그래밍 기술은 정말 어려운 기술이에요. 우리 회사에는 아직 그 기술이 없어요.'

지유는 하 팀장의 대답을 들으면서 프로젝트 파일을 찾았어요. 하 팀장은 **연구**를 많이 했어요. 연구에 대한 서류가 많았어요. 그렇지만 하 팀장의 말은 틀렸어요. 데이터를 보면 기술은 별로 어렵지 않았어요. 지유는 다시 **서류**를 봤어요. 하 팀장은 거짓말을 하고 있었어요. 이 프로젝트를 하면 돈을 많이 벌 수 있어요.

왜 하 팀장님이 거짓말을 할까? 그때 지유가 다른 파일을 봤어요. 그 안에는 편지가 있었어요. **경쟁 회사**의 편지였어요!

지유는 빨리 편지를 읽었어요. 하 팀장은 경쟁 회사에 프로젝트 아이디어를 팔았어요. 하 팀장은 지유의 회사를 **그만두고** 경쟁 회사에서 일하려고 해요! *어떻게 그럴 수가 있어? 우리가 이 프로젝트를 하지 않으면 내 월급은 오르지 않을 거야!*

지유는 하 팀장에 대해서 뭔가 하기로 했어요! 지유는 편지와 파일을 권 팀장 책상 위에 놓았어요. '아침에 권 팀장님이 정말 놀랄 거야. 하 팀장님도. 경찰이 오면 좋겠어!'

지유는 회사를 나왔어요. 시간이 늦었어요. 집에 가서 남편을 보기로 했어요. 요즘 남편과 많이 싸웠어요. 사실 오늘 아침에도 일 때문에 많이 싸웠어요. 투명 인간일 때 남편을 보면 재미있을 거예요. 남편에 대해서 더 잘 알게 될 거예요!

지유는 운전해서 집에 왔어요. 조심스럽게 집에 들어갔어요. 지유는 남편이 우는 소리를 들었어요. *선호가 왜 울고 있을까?* 지유가 생각했어요. 그때 남편이 말했어요.

'확실해요, **경관님**?' 남편이 말했어요. 남편은 슬퍼 보였어요.

남편 선호는 경찰과 전화를 하고 있었어요! 그때 지유는 깨달았어요. 친구들과 남편은 지유가 **실종됐다고** 생각하고 있었어요! 선호가 많이 걱정했을 거예요.

선호가 전화를 끊었어요. 그리고 더 크게 울었어요. 지유는 깨달았어요. 선호는 지유를 많이 사랑해요. 지유는 선호를 봤어요. 선호는 정말 힘들어 보였어요. 지유는 생각했어요. 선호와 문제는 있지만 문제를 해결하고 싶었어요.

지유는 남편을 만지고 싶었어요. 그때 지유는 기억했어요. 지유는 투명 인간이에요. 지유가 만지면 선호가 무서워할 거예요. 처음으로 지유는 지금 상황을 진지하게 생각해 봤어요. 투명 인간이 된 건 재미있었어요. 그렇지만 **영원히** 사람들이 지유를 못 보는 건 싫었어요!

그렇지만 지유는 어떻게 원래 몸으로 돌아가는지 몰랐어요. 그때 갑자기 생각이 났어요. *그래! 그 공!* 지유는 생각했어요. 다시 공을 만지면 원래 몸으로 돌아갈 수도 있을 거예요. 다시 그 시골의 공원에 가야 돼요!

지유는 차를 운전했어요. 시간이 늦었어요. 도로에 차는 많지 않았어요. 그렇지만 사람이 적은 길로 갔어요. 차는 보이지만 지유는 보이지 않아서, 사람들이 보면 이상할 거예요.

마침내 공원에 도착했어요. 준호와 연수가 아직도 공원에 있었어요. 그리고 경찰도 있었어요! *무슨 일일까?* 지유는 생각했어요.

제2장 복습

줄거리

지유는 아직도 투명 인간이에요. 지유는 서울에 있는 사무실로 갔어요. 권 팀장이 하는 이야기를 들었어요. 그리고 하 팀장은 큰 프로젝트가 가능하지 않다고 말했어요. 지유는 하 팀장의 파일을 확인했어요. 하 팀장은 거짓말을 했어요. 하 팀장은 그 프로젝트의 아이디어를 경쟁 회사에 팔았어요. 지유는 하 팀장의 파일을 권 팀장의 책상 위에 놓았어요. 그리고 지유는 남편에게 갔어요. 남편은 매우 걱정하고 있었어요. 지유는 남편이 자신을 사랑한다는 것을 알게 되었어요. 지유는 금속 공을 다시 만지고 싶었어요. 그래야 다시 원래 몸으로 돌아갈 것 같았어요. 지유는 시골의 공원으로 운전해서 갔어요. 그렇지만, 무언가 이상했어요.

어휘

삼청동 Samcheong-dong (a neighbourhood in Seoul)

대단하다 to be great, to be amazing

태어나서 처음으로 for the first time in life

느끼다 to feel

내려놓다 to put down

보안 security

화면 (display) screen

찍다 to shoot (photography/video), to film

주식 (company) shares, stocks

충분하다 to be enough, to be sufficient

예를 들어 for example

인상 increase; (pay) raise

요구하다 to request, to demand

경력 career

(돈을) 벌다 to earn (money)

영업부 sales department

경영 팀 management team

투자하다 to invest

연구 research

서류 document, paperwork

경쟁 회사 rival firm

그만두다 to quit

경관(님) police officer (a term of address)

실종되다 to go missing, to disappear

영원히 forever

이해도 평가

각 질문에 한 개의 답을 고르세요.

6) 지유는 ____ 근처를 걸었어요.
   a. 삼청동
   b. 집
   c. 시골
   d. 공원

7) 지유는 식당에서 나와서 먼저 ____에 가기로 결정했어요.
   a. 집
   b. 사무실
   c. 공원
   d. 가게

8) 하 팀장은 ____.
   a. 회사를 사고 싶었어요
   b. 프로젝트를 하고 싶지 않았어요
   c. 프로젝트에 대해서 거짓말을 했어요
   d. 직원들이 돈을 더 많이 벌수 있어야 한다고
      생각했어요

9) 지유는 ____ 생각했어요
   a. 남편을 사랑하지 않겠다고
   b. 남편이 자신을 사랑하지 않는다고
   c. 남편과의 문제를 해결하고 싶다고
   d. 남편을 떠나고 싶다고

10) 지유는 ____ 다시 보일 수 있게 될거라고 생각했어요.
    a. 금속 공을 다시 만지면
    b. 금속 공을 부수면
    c. 금속 공을 멀리 던지면
    d. 하 팀장에게 말하면

제3장 – 금속 공

지유는 다시 작은 시골의 공원에 왔어요. 공원에 사람들이 많이 있었어요. 경찰도 있었어요. *이 사람들이 모두 여기에서 뭘 하는 걸까?* 지유가 생각했어요. 그리고 깨달았어요. 이 사람들 모두 지유 때문에 공원에 왔어요!

연수와 준호도 있었어요. 탁자 옆에서 이야기하고 있었어요. 지유가 두 사람에게 걸어갔어요. 걸어가면서 주변을 둘러봤어요. 모든 사람들이 그곳에 있었어요. 지유의 친구들도, **친척**들도, 경찰들도 있었어요. 그리고 서울에서 온 **자원봉사자**들도 있었어요. 남편 선호도 운전해서 오고 있었어요!

'연수야 생각해 봐. 지유가 어디에 갔을까? 정말 몰라? 우리가 여기에 계속 있었잖아!' 준호가 슬퍼하면서 말했어요.

'모르겠어. 그렇지만 지유는 돌아올 거야. 그냥 모든 것이 너무 이상해…' 연수가 대답했어요.

'맞아. 전화하고 있었는데 갑자기 없어졌어!'

'그래. 정말 걱정이야…' 연수가 말했어요.

지유는 두 사람의 이야기를 듣고 미안했어요. 친구들이나 남편이 슬퍼하는 건 싫었어요. 다른 사람들의 시간을 **낭비하고** 싶지 않았어요. 빨리 다시 공을 만지고 싶었어요. 이제 투명 인간은 싫어요!

준호가 다시 말했어요. '연수야, 그 금속 공 기억해? 나무 옆에서 본 거.'

'응?'

'내가 생각해 봤어.'

연수가 준호를 봤어요. '무슨 생각?'

'그 공이 그냥 공이 아닐 수도 있어. 그 공 때문에 지유가 없어졌을 수도 있어.'

연수가 준호를 봤어요. 연수는 혼란스러웠어요. 지유는 걱정이 됐어요! 친구들은 공에 대해서 몰라야 해요! 공을 만지고 그냥 원래 몸으로 돌아가고 싶었어요. 공에 대해서 설명하고 싶지 않았어요!

준호가 연수를 봤어요. '그 공은 특별한 공일 수도 있어. 그 공 때문에 지유가 아플 수도 있어. 아니면 지유를 다른 곳으로 데려갔을 수도 있어!'

'준호야… 그 생각은…' 그리고 연수는 말을 멈췄어요. 연수도 왜 지유가 없어졌는지 몰랐어요. 준호의 말이 맞을 수도 있어요…

'생각해 봐. 지유는 그 근처에서 없어졌어.' 그리고 준호와 연수는 서로를 봤어요. '얼른! 가서 보자!' 준호가 말했어요.

결국 연수가 말했어요. '그래, 가자.'

두 사람은 나무 근처로 걸어갔어요.

안 돼! 지유가 생각했어요. *두 사람이 공을 가져가면 어떡해?* 지유는 뛰어갔어요. 친구들보다 먼저 공을 찾아야 해요!

지유가 나무에 먼저 도착했어요. 그렇지만 공은 그곳에 없었어요! *어디에 있을까? 분명히 여기에 있었어! 날아가지는 않았을 거야!* 지유가 생각했어요. 그리고 계속 공을 찾았어요.

준호와 연수도 왔어요. '여기에 있을 거야. 내가 이쪽에 던졌어.' 준호가 나무들을 가리켰어요.

준호가 공을 던졌어! 그런데 공이 없어졌으면 어떡해! 나는 그 공이 필요해! 지유가 생각했어요. 지유는 준호가 가리킨 나무로 뛰어갔어요. 준호와 연수도 그 나무로 걸어갔어요. 갑자기 준호가 일어섰어요. 공이 준호의 손에 있었어요!

지유가 공을 봤어요. 지금은 빛이 나오지 않았어요. 왜 빛이 나오지 않는지 그리고 그게 무슨 뜻인지 지유는 몰랐어요. 그렇지만 다시 공을 만져야 해요. 공을 만지면 다시 원래 몸으로 돌아갈 수 있을 거예요.

'연수야! 찾았어!' 준호가 소리쳤어요.

연수가 뛰어갔어요. '이게 뭘까?' 연수가 물었어요.

'모르겠어. **둥근 모양**이고 금속이야. 그렇지만 무엇인지 모르겠어.'

'정말 이거 때문에 지유가 없어졌다고 생각해?'

'아니. 이 공은 그냥 공인 것 같아. 내 생각이 틀린 것 같아 …' 지유는 준호가 다시 공을 던지는 것을 봤어요.

'가자, 경찰하고 이야기하자. 병원에도 전화를 해 봐야겠어.' 연수가 말했어요. 그리고 두 사람은 걸어갔어요.

지유는 연수와 준호가 떠나는 것을 기다렸어요. 빨리 공을 만지고 싶었어요. 그렇지만 친구들이 **놀라는** 것은 싫었어요. 갑자기 지유가 나타나면 정말 무서울 거예요!

마침내, 준호와 연수가 갔어요. 지유는 나무 근처로 갔어요. 그리고 금속 공을 만졌어요. 처음에는 아무 느낌이 없었어요. 그런데 갑자기 공에서 빛이 나왔어요. 지유가 몸을 **떨었어요**. 공에서 정말 밝은 빛이 나왔어요. 마침내 무언가 변하고 있었어요!

갑자기 지유가 몸을 떨지 않았어요. 공은 여전히 밝았어요. *됐어? 나 이제 더이상 투명 인간이 아니야?* 지유는 궁금했어요. 곧 지유는 그 답을 알았어요. '지유야! 지유야! 너야?' 준호와 연수가 지유를 불렀어요. 두 사람은 지유를 볼 수 있었어요! 지유는 이제 투명 인간이 아니었어요!

지유의 친구들이 지유에게 뛰어왔어요. 지유는 아직 공을 들고 있었어요. *안 돼!* 지유가 생각했어요. 그리고 빨리 공을 떨어뜨렸어요. 공이 천천히 나무들 사이로 **굴러갔어요**. 곧 공이 없어졌어요.

'지유야, 어디에 있었어?' 준호가 물었어요. 지유가 뒤로 돌아서 준호를 봤어요.

연수도 말했어요. '그 밝은 공은 뭐였어? 정말 밝았어! 공을 보고 너를 찾았어!'

지유는 어떻게 설명할지 몰랐어요. 너무 복잡했어요. 아무도 지유를 믿지 않을 거예요. 투명 인간이요? 아무도 안 믿을 거예요!

갑자기 지유가 다른 목소리를 들었어요. 선호였어요! 선호가 지유에게 달려왔어요. 그리고 지유를 꽉 안고 키스를 했어요. 그리고 지유의 눈을 보고 말했어요. '어디에 있었어? 정말 걱정했어!'

'나는…. 어… 나는…'

다른 목소리가 들렸어요. 권 팀장과 회사 동료들이었어요. 믿을 수가 없었어요. 많은 사람들이 지유를 찾으러 왔어요!

사람들이 지유에게 왔어요. 모두 **동시에** 이야기했어요. '우리 모두 걱정했어!' 선호가 다시 말했어요.

'어디에 갔었어?' 준호가 말했어요.

'사무실에 큰 일이 있었어!' 권 팀장이 말했어요.

지유가 손을 들었어요. '잠시만요… 잠시만요… 기다려 주세요.' 사람들이 조용해졌어요. 지유가 주변을 둘러보고 말했어요. '먼저, 고마워요. 정말 고마워요. 여기에 와 줘서 고마워요. 내가 어디에 갔었는지 궁금할 거예요. 사실은…' 지유가 잠시 말을 멈췄어요. *진짜 사실을 말해야 할까? 사람들이 믿지 않을 거야. 내가 미쳤다고 생각할 거야.*

지유가 말했어요. '사실은… 길을 잃었어요. 전화하면서 걷고 있었는데 길을 잘 보지 않았어요. 돌아오는 길을 찾지 못했어요.' 지유는 미소를 짓고 다시 말했어요. '정말 고마워요. 그게 다예요. 이제 안녕히 가세요.'

지유와 선호는 차로 걸어갔어요. 지유는 집에 가고 싶었어요. 두 사람은 준호와 연수 옆을 지나갔어요.

'그렇지만 차가 없어진 것은 어떻게 설명해? 차도 없었잖아! 우리가 봤어!' 준호가 소리쳤어요.

'그리고 그 빛은 뭐였어? 그거 뭐였어? 우리도 나무들 사이에서 금속 공을 봤어. 그 공은…'

지유는 계속해서 걸어갔어요. 나중에 사실을 설명할 수도 있겠지만 지금은 아니에요. 투명 인간이 된 건 **멋진 경험**이었어요! 지유는 오늘 알았어요. 지유에게는 친절한 친구들과 좋은 팀장님, 그리고 멋진 남편이 있어요. 그리고 아주 중요한 것도 배웠어요. 평범한 것은 정말 좋은 거예요!

제3장 복습

줄거리

지유는 공원으로 돌아왔어요. 그곳에서는 많은 사람들이 지유를 찾고 있었어요. 준호와 연수는 그 이상한 공 때문에 지유가 없어졌다고 생각했어요. 두 사람은 공을 찾았지만, 곧 생각을 바꾸고 공을 던졌어요. 지유는 공을 찾아서 만졌어요. 지유는 원래 몸으로 돌아왔어요. 사람들은 다시 지유를 보고 기뻤어요. 그렇지만 사람들은 질문을 많이 했어요. 지유는 나중에 대답할 거예요. 지금은 다시 평범한 삶을 살고 싶었어요.

어휘

친척 relatives
자원봉사자 volunteers
낭비하다 to waste
날아가다 to fly away
둥근 모양 round shape
놀라다 to be surprised, to be startled
떨다 to shiver, to shake, to tremble
굴러가다 (something) rolls (away)
동시에 at once, at the same time
멋지다 to be wonderful, to be fabulous, to be cool
경험 experience

이해도 평가

각 질문에 한 개의 답을 고르세요.

11) 지유는 공원에서 처음에 누가 이야기하는 것을 들었어요?
   a. 팀장님과 남편
   b. 팀장님과 준호
   c. 남편과 연수
   d. 준호와 연수

12) 지유의 친구들은 ____ 싶었어요.
   a. 집으로 돌아가고
   b. 그 이상한 공을 다시 찾고
   c. 경찰에 연락하고
   d. 선호에게 전화하고

13) 지유는 ____ 싶었어요.
   a. 공을 던져 버리고
   b. 친구들보다 먼저 공을 찾고
   c. 나무들 뒤로 숨고
   d. 경찰의 이야기를 듣고

14) 지유는 그 공을 다시 만지고 ____.
   a. 몸을 떨었어요. 그리고 다시 원래 몸으로 돌아왔어요
   b. 계속 보이지 않았어요
   c. 두려워졌어요
   d. 아무일도 일어나지 않았어요

15) 가족과 친구들에게 이야기 하면서, 지유는 ____
   결심했어요.
   a. 진실을 말하기로
   b. 경찰에게만 진실을 말하기로
   c. 진실을 말하지 않기로
   d. 모든 사람들을 무시하기로

캡슐

제1장 – 도착

몇 세기 전부터 **지구**의 **환경**이 나빠졌어요. 사람들은 지구에서 살기가 더 힘들어 졌어요. 그래서 사람들은 다른 **행성**으로 이사하기 시작했어요. 점점 더 많은 행성들이 **식민지**가 됐어요.

처음에는 평화로웠어요. 여러 행성들이 같이 **힘을 합쳤어요**. 서로를 **의지했어요**.

그런데 세상이 변했어요. **인구**가 빠르게 늘었어요. 음식이 더 많이 필요했어요. 더 많은 물건들이 필요했어요. 그래서 문제가 생겼어요.

전쟁이 시작됐어요. 식민지 행성들은 땅과 힘, 그리고 무기를 갖기 위해서 싸웠어요. 그리고 결국 두 왕국만 남았어요. '지구'인들과 '칼키아'인들만 남았어요. 두 왕국 모두 전쟁에서 이기고 싶어했어요.

지구인의 **정부**는 지구에 있었어요. **수도**는 프랑스 파리였어요. **정치인**들이 파리에 모였어요. 정치인들은 **법**과 **경제**, **에너지 자원**, 그리고 전쟁에 대해서 이야기했어요.

지구인들의 **황제**의 이름은 발리오르였어요. 발리오르는 나이가 많은 남자였어요. 몇 년 전에 **투표**로 황제가 됐어요. **선거**는 **공정하지** 않았지만 발리오르는 **신경쓰지** 않았어요. 발리오르는 전쟁을 많이 했어요.

그리고 대부분의 전쟁에서 이겼어요. 발리오르는 이기기 위해서 무엇이든 했어요.

어느 날 발리오르는 **장관**들에게 이야기했어요. '이제 싸움을 멈춰야 돼. 우리 왕국의 경제가 나빠졌어. 더이상 전쟁을 할 수 없어! 사람들은 음식이 필요하고 도시에는 도로가 필요해. 많은 사람들이 집도 없고 **전기**도 없고 음식도 없어!' 발리오르가 소리쳤어요.

알딘이 대답했어요. 알딘은 발리오르가 가장 믿는 장관이었어요. '그렇지만 칼키아인들이 계속해서 우리를 공격합니다. 그냥 앉아있을 수는 없어요. 우리는 강한 **군대**가 필요합니다 지구인들을 지켜야 합니다!'

'맞아. 그렇지만 전쟁을 하지 않기 위해서 우리가 할 수 있는 일이 있을 거야. 그래서 내가 **사실**…'

갑자기 방 밖에서 큰 소리가 났어요. 병사가 문을 열고 들어왔어요. 병사는 한 여자를 잡고 있었어요. 여자는 **소리를 지르고** 있었어요. '황제께 말씀드려야 돼요! 황제를 만나야 돼요!'

발리오르 황제가 여자를 봤어요. '무슨 일이야?' 황제가 소리쳤어요. '회의하고 있잖아!'

'죄송합니다, **폐하**. 이 여자가 폐하께 말씀드려야 한다고…. 중요하다고 합니다.' 병사가 말했어요.

'좋아. 말해 봐. 무슨 일이야?'

여자는 갑자기 긴장됐어요. 한 번도 황제에게 말을 해 본 적이 없었어요. 아주 천천히 말했어요. '황제… 황제… 폐하, 죄송합니다. 하지만 폐하께 말씀드려야 합니다.'

'무슨 이야기야?' 황제가 물었어요. '얼른 말해! 중요한 회의를 하고 있었어!'

'저희 농장에 캡슐이 떨어졌습니다.'

'뭐가 떨어져?'

'**우주선** 캡슐요. 칼키아인들의 우주선 캡슐인 것 같습니다.'

'칼키아인들의 캡슐인 것을 어떻게 알아?'

'저희 남편이 칼키아인들과 싸웠습니다. 저희 남편에게 칼키아인들에 대해서 들었습니다.'

황제와 장군들은 조용했어요. 마침내 알딘이 물었어요. '칼키아인들이 또 공격했어요?'

'아니요, 아니요… 캡슐 안에 무기는 없었습니다. 그렇지만 다른 것이 있었습니다.' 여자가 말했어요.

'캡슐 안에?' 황제가 물었어요. 그리고 방 안을 둘러봤어요. '그러면 캡슐 안에 뭐가 있었어?'

'모릅니다. 무서워서 못 봤습니다.' 여자가 대답했어요.

황제는 **경비병**들을 불렀어요. 그리고 빨리 농장에 가 보라고 말했어요. 경비병들과 여자가 차에 탔어요. 알딘 장관도 같이 갔어요.

차 안에서 알딘이 여자에게 말했어요. '이름이 뭐예요?'

'키라입니다.'

'키라 씨, 예쁜 이름이군요. 농부예요?'

'네.'

'남편과 같이 살아요?'

'남편은 전쟁에서 죽었어요.'

알딘은 갑자기 불편해졌어요. 그래서 다른 이야기를 했어요. '그 캡슐은 어떻게 생겼어요?'

키라가 알딘을 보면서 말했어요. '직접 보시는 것이 좋을 것 같아요.'

'알겠어요.' 알딘이 놀라서 말했어요. 그리고 두 사람은 아무 말도 안 했어요.

차가 농장에 도착했어요. 알딘과 키라는 차에서 내렸어요. 경비병들은 차에서 기다렸어요. 두 사람은 캡슐로 갔어요.

캡슐은 열려 있었어요.

'키라 씨, 캡슐을 열지 않았다고 했잖아요'

'죄송해요. 거짓말했어요. 아무에게도 말하고 싶지 않았어요. 이걸 보시기 전까지는 말하고 싶지 않았어요.'

'뭘 봐요?'

'보세요.'

알딘은 천천히 캡슐에 다가갔어요. 처음에는 아무것도 보이지 않았어요. 그때 알딘은 봤어요. 캡슐 안에 있는 여자 아이를요!

'아이잖아요!' 알딘이 소리쳤어요. 그리고 놀라서 키라를 봤어요.

'네, 그래서 만지지도 않고 아무 말도 하지 않았어요. 무엇을 해야 할지 몰랐어요. 의사를 데려오고 싶었지만…'

그래! 알딘이 생각했어요. *이 아이는 **의식이 없어. 치료해야** 할 수도 있어. 도움이 필요해!* 알딘이 차로 뛰어갔어요. 경비병들에게 의사를 부르라고 했어요. 그리고 조심스럽게 아이를 안았어요. 그리고 키라의 방으로 갔어요.

삼십 분 후에도 아이는 여전히 의식이 없었어요. 알딘은 방에서 나왔어요. 키라도 알딘과 같이 나왔어요.

'키라 씨, 이 캡슐에 대해서 더 아는 것이 있어요?'

'아니요… 이 캡슐은 칼키아인들의 캡슐인 것 같아요.'

'맞아요.'

'그러면 아이는요?'

'칼키아인 같아요.' 알딘이 대답했어요.

'그런데 아이가 여기에서 뭘 하고 있는 거예요?'

'모르겠어요. 아이가 일어나면 우리한테 말해줄 수도 있을 거예요.'

'아이가 정말 우주를 여행해서 왔어요?'

'그런 것 같아요. 더 큰 우주선이 있었을 거예요. 그리고 이 캡슐 안에 아이를 넣었을 거예요. 그리고 지구 근처에서 캡슐을 떨어뜨렸을 거예요. 그리고 캡슐이 지구에 떨어졌을 거예요.'

마침내 의사 두 명이 왔어요. 의사는 바로 아이를 치료했어요.

늦은 시간이었어요. 알딘은 배가 고팠어요. 키라와 같이 저녁을 먹었어요.

'아이가 있어요, 키라 씨?' 저녁을 먹으면서 알딘이 물었어요.

'남편과 저는 아이를 원했었어요. 그런데 전쟁 때문에…'

'**유감입니다.**'

'괜찮아요.' 키라가 슬프게 미소를 지으면서 말했어요.

저녁을 먹으면서 알딘이 주변을 둘러봤어요. 집은 좋았어요. 깨끗하고 소박했어요.

곧 알딘은 키라가 자신을 보고 있다는 것을 알았어요. '물어보고 싶은 게 있어요?'

'네.'

'물어보세요.'

'저 아이를 어떻게 하실 거예요?'

알딘은 조용했어요. 그리고 잠시 후 사실을 말했어요. '모르겠어요. 왜 아이가 여기에 있는지도 모르겠어요.'

갑자기 의사 한 명이 부엌으로 달려왔어요.

'아이가 일어났어요! 말을 할 수 있어요!'

제1장 복습

줄거리

지구인들과 칼키아인들은 전쟁을 했어요. 지구인들의 황제는 장관들과 회의를 하고 있었어요. 갑자기 한 여자가 들어왔어요. 여자는 자신의 농장에 칼키아인들의 캡슐이 떨어졌다고 말했어요. 알딘은 황제가 가장 믿는 장관이었어요. 알딘은 경비병들과 함께 여자의 농장으로 갔어요. 캡슐 안에는 어린 여자 아이가 있었어요. 처음에 그 아이는 의식이 없었어요. 그래서 의사를 불렀어요. 의사의 치료를 받고 아이는 일어났어요.

어휘

지구 the Earth
환경 environment
행성 planet
식민지 colony
힘을 합치다 to cooperate, to work together, to pull resources together
의지하다 to rely on
인구 population
정부 government
수도 capital (of a country)
정치인 politician
법 law
경제 economy
에너지 자원 energy resources
황제 emperor
투표 vote, ballot

선거 election

공정하다 to be fair

신경쓰다 to be bothered about, to pay attention

장관 (government) minister

전기 electricity

군대 armed forces

사실 in fact, actually; fact

소리를 지르다 to yell, to shout

폐하 your highness (usually for the emperor)

우주선 spaceship

경비병 soldiers on patrol, guards

의식이 없다 to be unconscious

치료하다 to cure, to treat

유감입니다 I'm sorry to hear that…, I'm sorry for what happened…, It is regrettable that…

이해도 평가

각 질문에 한 개의 답을 고르세요.

1) _____은/는 전쟁을 했어요.
   a. 알딘과 발리오르 황제
   b. 지구인들과 키라의 남편
   c. 지구인들과 칼키아인들
   d. 키라와 발리오르 황제

2) 황제는 _____와/과 회의를 하고 있었어요.
   a. 알딘과 칼키아
   b. 장관들
   c. 키라와 그녀의 남편
   d. 어린 아이와 알딘

3) 키라는 황제에게 _____ 말했어요.
   a. 자신의 집에 어린 아이가 있다고
   b. 자신의 농장에 캡슐이 떨어졌다고
   c. 자신의 남편이 전쟁에서 죽었다고
   d. 알딘이 자신의 집에 와야만 한다고

4) 처음에 어린 여자 아이는 _____.
   a. 알딘에게 칼키아에 대해서 말했어요
   b. 지구에 온 이유를 말하고 싶지 않았어요
   c. 많이 울었어요
   d. 의식이 없어서 말을 할 수 없었어요

5) 키라는 알딘에게 _____을/를 줬어요.
   a. 차가운 음료
   b. 커피
   c. 쉴 곳
   d. 먹을 것

제2장 – 여자 아이

아이가 일어났어요! **누군가가** 아이와 이야기를 해야 했어요. 장관인 알딘이 아이와 이야기를 하기로 했어요. 알딘이 방으로 갔어요. 키라도 같이 갔어요. 두 사람은 앉았어요.

아이는 **졸려** 보였어요. 마침내 아이가 천천히 물어봤어요. '여기가 어디예요?' 키라와 알딘이 놀라서 서로를 봤어요. 아이가 지구어로 말했어요!

아이가 주변을 둘러봤어요. 아이가 경비병들을 봤어요. 갑자기 아이는 **겁을 먹었어요**. 의사가 아이에게 약을 줬어요. 아이는 곧 다시 잠이 들었어요.

한 시간 뒤, 아이가 다시 일어났어요. '여기가 어디예요?' 아이가 물었어요. 그때 아이가 알딘을 봤어요. '누구세요?' 아이가 물었어요. 아이는 지구어를 잘했어요.

'안녕. 내 이름은 알딘이야. 이 사람은 키라야. 우리는 지구의 사람들이야. 걱정하지 마.' 알딘이 말했어요. '기분이 어때?'

'괜찮아요.' 아이가 조심스럽게 말했어요. 아이는 이 사람들을 믿지 않았어요.

'너를 해치지 않을 거야.' 알딘이 설명했어요.

아이는 대답하지 않았어요. 아이는 아직도 무서워했어요.

이번에는 키라가 물었어요. '안녕. 이름이 뭐야?' 키라가 천천히 물었어요.

'제 이름은 마하예요.' 아이가 대답했어요.

'걱정하지 마, 마하야. 내 이름은 키라야. 이 사람은 알딘이야. 여기는 우리집이야. 너는 **다쳤어**. 우리가 너를 치료해 주고 있었어.'

'제가 지금 지구의 수도에 있어요?' 아이가 물었어요. 그리고 창문 밖을 봤어요. 시간이 늦어서 어두웠어요. 나무 몇 그루와 들판만 보였어요. '도시같지 않아요.' 마하가 놀라서 말했어요.

'이곳은 수도 근처야. 수도는 아니야. 황제 폐하는 멀리 계셔.' 알딘이 설명했어요.

마하는 '황제'라는 말을 들었을 때 다시 무서워졌어요. '집에 가고 싶지 않아요! 저는 이제 13 살이에요. 제가 직접 결정할 수 있어요!' 마하는 소리쳤어요.

알딘은 놀랐어요. 이상했어요. '왜 집에 가고 싶지 않아?' 알딘이 물었어요.

'칼키아가 싫어요.' 마하가 대답했어요.

'칼키아가 싫어?' 알딘이 놀라서 물었어요. '무슨 말이야?'

'더이상 그곳에서 살고 싶지 않아요.'

'왜 살고 싶지 않아?'

'가족들이 집에 자주 오지 않아요.'

'왜?'

'가족들이 저를 무시해요. 저와 같이 시간을 보내지 않아요.'

'가족들이 무시해?' 알딘이 물었어요.

'네… 오랫동안요.'

'**외로워서** 여기에 왔어?' 키라가 물었어요.

'네, 아빠는 언제나 일만 해요. 엄마는 언제나 여행만 해요. 저는 **보모들**과 집에만 있어요. 아빠가 보모들에게 돈을 줘요. 그렇지만 저는 보모들과 있는 게 싫어요.'

알딘은 마하의 상황을 이해하기 시작했어요. 마하는 집에서 **도망쳤어요**.

'잠깐만, 마하야. 집에서 도망쳤어?'

마하가 **고개를 숙였어요.** 그리고 대답했어요. '네.'

알딘이 일어섰어요. 그리고 마하를 봤어요. '잠깐만. 잠시 나가야 돼. 다시 올게.'

알딘이 집을 나왔어요. 키라도 같이 나왔어요. 알딘이 키라의 예쁜 농장을 봤어요. 알딘은 생각하고 있었어요. 불편해 보였어요.

'무슨 생각을 하세요?' 키라가 물었어요.

'뭔가 이상해요.'

'무슨 말이에요?'

'마하는 집에서 도망쳤어요. 그렇지만 마하는 우주선을 운전할 수 없어요. 아직 13 살이에요.'

'그래요. 도와준 사람이 있을 거예요.'

'맞아요. 그렇지만 누가요?'

'물어봅시다.'

알딘과 키라가 다시 안으로 들어갔어요.

'안녕하세요.' 마하가 말했어요.

'안녕.' 알딘이 미소를 지으면서 말했어요.

마하가 알딘의 눈을 봤어요. '집에 안 갈 거예요. 여기에 있고 싶어요.' 마하가 **단호하게** 말했어요.

'왜 여기에 있고 싶어?'

'조금 전에 말했잖아요. 보모가 싫어요.'

'우리는 그 말을 믿을 수 없어.' 알딘이 침착하게 말했어요.

'사실이에요.'

'그래, 그렇지만 다른 이유도 있는 것 같아.'

마하가 **한숨을 쉬었어요.** '네, 다른 이유도 있어요.'

'말해 줘.'

'칼키아는 전쟁에서 **지고** 있어요. 사람들은 음식이 필요해요. 집도 필요해요. 너무 무서워요.'

알딘이 마하 옆에 앉았어요. 그리고 마하를 봤어요. '지금은 여기에 있어도 돼. 그렇지만 마하도 이해해야 해. 지구인들과 칼키아인들은 전쟁을 하고 있어.' 알딘이 설명했어요.

'알아요. 저는 13 살이에요. 6 살이 아니에요!' 마하가 말했어요.

알딘이 웃었어요. '그러면 이해할 거야. 생각해야 할 것들이 많아. 마하가 여기에 있으면 많은 것들이 바뀔 거야. 지구 **국내**에도 **영향**이 있을 거고 **국제적으로도** 영향이 있을 거야.'

'네,' 마하가 말하고 고개를 숙였어요. '그렇지만 칼키아 사람들은 제가 여기에 있다는 것을 몰라요! 며칠만 있을게요. 그리고 며칠 후에 다른 곳에 갈 수 있어요.'

알딘이 마하를 봤어요. 이제 마하가 어떻게 여기에 왔는지 물어봐야 했어요. '마하, 캡슐로 오는 건 쉬운 일이 아니야. 여기에 혼자 오지 않았을 거야. 도움 없이 혼자서 우주선으로 여행할 수 없었을 거야. 아직 어리잖아.'

마하가 알딘을 봤어요. 그리고 조용히 말했어요. '맞아요. 저는 우주선 운전을 못 해요.'

'그러면 누가 운전했어?'

'말할 수 없어요.'

알딘은 장관 일을 하면서 많은 사람들과 이야기를 했어요. 그래서 이야기하면서 대답을 들을 때까지 기다리는 것을 아주 잘했어요. '마하야, 우리는 누가 너를 도왔는지 알아야 돼. 그걸 모르면 너를 도울 수 없어.'

마하는 조용했어요. 그리고 잠시 후 말했어요. '그건… 그건…'

'걱정하지 마. 너는 안전해.' 키라가 조용히 말했어요.

마하가 두 사람을 봤어요. 그리고 말했어요. '발리오르 황제 폐하예요. 황제 폐하가 저를 도와주셨어요.'

알딘이 갑자기 일어났어요. 그리고 걱정스럽게 마하를 봤어요. 그리고 키라를 봤어요. 경비병들은 세 사람을 봤어요.

'발리오르 황제가? 말도 안 돼!' 알딘이 말했어요.

마하가 다시 고개를 숙였어요. '사실이에요. 몇 주 전에 황제 폐하가 메시지를 보내셨어요. 황제 폐하는 제 기분을 알고 계셨어요. 도와주고 싶다고 하셨어요. 제가 칼키아를 떠나는 걸요. 그래서 **첩자**를 보내서 저를 찾으셨어요.'

'첩자?'

'네, 칼키아에는 지구 첩자가 많이 있어요.'

알딘은 방 안을 **돌아다녔어요.** 황제가 칼키아 아이가 **탈출하는** 걸 도왔어요. 이해할 수 없었어요. '믿을 수가 없어.' 알딘이 한숨을 쉬면서 말했어요.

잠시 후 마하가 다시 조용히 말했어요. '사실 할 이야기가 더 있어요.'

알딘이 뒤로 돌아서 마하를 보고 생각했어요. *이야기가 더 있다고?* '무슨 이야기?'

마하가 알딘의 눈을 봤어요. '우리 아버지요.'

'마하의 아버지가 왜?' 알딘이 조용히 말했어요.

'우리 아버지는 칼키아의 황제예요.'

제2장 복습

줄거리

캡슐에 있던 여자 아이가 일어났어요. 의사들은 여자 아이가 괜찮다고 말했어요. 여자 아이가 말을 시작했어요. 여자 아이의 이름은 마하였어요. 마하는 칼키아인이었어요. 마하는 13 살이었어요. 처음에 마하는 부모님 때문에 집을 떠났다고 말했어요. 나중에, 여자 아이는 다른 이유를 이야기했어요. 마하는 칼키아가 전쟁에서 지는 것이 무서웠어요. 그리고 알딘은 마하가 어떻게 지구로 왔는지 물었어요. 마하는 알딘에게 발리오르 황제 폐하가 마하를 도와주었다고 말했어요. 그리고 마하의 아버지가 칼키아의 황제라는 것을 말해 줬어요.

어휘

누군가 somebody
졸리다 to feel sleepy, to be drowsy
겁을 먹다 to be frightened, to get scared
다치다 to get hurt
그루 counter for trees
외롭다 to be lonely
보모 carer, nanny
도망치다 to run away
고개를 숙이다 to lower one's head, to look down
단호하다 to be firm, to be determined, to be stern
한숨을 쉬다 to sigh
지다 to lose, to be defeated
국내 (within) the country, domestic
영향 influence, effect, impact

국제적으로 internationally
첩자 spy
돌아다니다 to roam around, to wander around

이해도 평가

각 질문에 한 개의 답을 고르세요.

6) 처음에 마하는 ____.
   a. 거짓말을 했어요
   b. 매우 겁을 먹었어요
   c. 말을 많이 했어요
   d. 아버지와 말하고 싶었어요

7) 마하는 자신이 ____ 설명했어요.
   a. 집에서 도망쳤다고
   b. 아버지가 칼키아를 떠나라고 했다고
   c. 길을 잃었다고
   d. 집이 어디인지 모르겠다고

8) 그리고 마하는 ____고 말했어요.
   a. 자신의 가족이 마하를 매우 사랑한다
   b. 자신의 부모님을 모른다
   c. 자신의 부모님을 매우 사랑한다
   d. 자신의 부모님과 사는 것이 행복하지 않다

9) 알딘이 누가 마하를 도왔는지 물었을 때, 마하는 ____고
   대답했어요.
   a. 칼키아 황제가 마하를 도왔다
   b. 발리오르 황제가 직접 마하에게 왔다
   c. 발리오르 황제가 지구의 첩자를 보냈다
   d. 칼키아 첩자가 그녀를 도왔다

10) 마하가 지구에 있는 것이 왜 문제가 될 수 있을까요?
   a. 마하가 겁을 먹어서.
   b. 마하가 칼키아 황제의 딸이어서.
   c. 마하가 칼키아의 첩자여서.
   d. 알딘이 마하가 집에 돌아가는 것을 원하지 않아서.

제3장 – 진실

알딘은 믿을 수 없었어요. *마하는 칼키아 황제의 딸이었어! 세상이 혼란스러워질 거야! 무엇 때문에? 마하가 외로워서? 발리오르가 그런 마하의 기분을 이해해서? 마하는 도대체 무슨 일을 한 거야!*

그때 알딘은 깨달았어요. 이건 마하의 **책임**이 아니에요. 마하는 자신이 무슨 일을 하고 있는지 몰랐어요. 마하는 그냥 슬픈 아이였어요. 발리오르가 마하를 도왔어요. 발리오르가 문제였어요. 황제가요! 황제의 책임이었어요. *황제는 무슨 생각을 하고 있는 거야?* 알딘은 알아야 했어요.

알딘은 키라의 집을 나왔어요. 차를 타고 운전해서 수도로 갔어요. 수도에 도착해서 황제의 사무실로 바로 갔어요. 갑자기 경비병이 알딘을 막았어요. '장관님은 들어가실 수 없습니다.' 경비병이 말했어요.

알딘은 놀랐어요. '들어갈 수 없다고? 발리오르 황제와 이야기해야 돼. 내가 누구인지 알아? 나는 장관이야!'

'황제의 **명령**입니다. 알딘 장관님은 들어가실 수 없습니다.'

알딘은 발리오르 황제와 이야기해야 했어요. 갑자기 알딘이 경비병의 머리를 **때렸어요**. 경비병이 **바닥**에 넘어졌어요. 알딘은 경비병의 무기를 가지고 황제의 사무실에 들어갔어요.

황제는 의자에 앉아 있었어요. 황제는 피곤해 보였어요. '알딘 장관, 원하는 게 뭐야?' 황제가 한숨을 쉬었어요.

'왜 아이에 대해서 저에게 말을 안 하셨습니까?'

'무슨 아이?'

'폐하, 저는 **바보**가 아닙니다.'

'좋아. 이제 **연기는 하지** 않을게. 알고 싶은 게 뭐야?'

'왜 칼키아 황제의 딸이 여기에 있습니까? 왜 데려왔습니까?' 알딘의 목소리가 커졌어요. '우리는 절대 아이를 전쟁에 이용하지 않잖아요! 그게 우리 규칙입니다!'

발리오르가 일어섰어요. 그리고 소리쳤어요. '우리는 절대 전쟁에서 지지도 않아! 그게 우리 규칙이야!'

알딘이 발리오르를 봤어요. 그리고 물었어요. '왜 말씀을 안 하셨습니까?'

'알딘 장관에게 말하지 않은 이유는 하나야.'

'그 이유가 무엇입니까?'

황제가 고개를 숙였어요. 그리고 대답했어요. '장관은 찬성하지 않았을 거야.' 발리오르의 생각이 맞았어요. 물론 **반대했을** 거예요. 아이를 전쟁에 이용하는 것은 나쁜 일이에요.

'이제 아이는 어떻게 됩니까?' 알딘이 물었어요.

'마하? 우리가 돌볼 거야. 아직 어린 아이잖아.' 황제가 말했어요.

알딘은 황제를 믿지 않았어요. '그 이야기가 아니에요. 앞으로 무슨 **일이 일어납니까**? 칼키아인들이 알면 무슨 일이 일어납니까? 마하는 해치면 안 돼요!'

'좋은 질문이야. 다 좋은 질문들이야.' 황제가 침착하게 말했어요.

알딘이 황제를 봤어요. 황제가 다시 말했어요. '칼키아인들은 마하가 도망친 것을 알아. 그렇지만 어디로 갔는지는 몰라. 우리 첩자들이 마하를 도운 것도 몰라. 그러니까 아무것도 모르는 거야.' 황제는 알딘을 조심스럽게 봤어요. 황제는 알딘이 무엇을 생각하는지 알고 싶었어요.

'칼키아인들이 알게 되면 무슨 일이 일어납니까?'

'그건 몰라. 그렇지만 첩자들은 절대 말하지 않을 거야. 여기에서는 아무도 몰라. 장관만 알아.'

알딘은 잠시 생각했어요. '그렇지만 왜요?' 알딘이 물었어요. 황제의 생각을 이해할 수 없었어요. '왜 어린 아이가 부모님에게서 도망치는 것을 도우셨습니까?'

'마하가 칼키아의 **공주**니까.' 발리오르가 대답하면서 알딘을 이상하게 쳐다봤어요. '모르겠어? 칼키아 황제의 딸이 우리에게 있어. 우리는 그 아이를 이용할 수 있어. 그 아이를 이용해서 칼키아의 황제를 조종할 수 있어. 힘을 위해서. 전쟁에서 이기기 위해서.'

발리오르는 다시 조심스럽게 알딘을 봤어요. 알딘이 생각을 바꿨는지 알 수 없었어요.

'이제 이해했어? 마하를 이용해서 우리가 원하는 것을 얻을 수 있어. 바보같은 어린 아이가 무시당했다고 느꼈어. **그 결과** 칼키아 황제가 우리 손 안에 있어!' 발리오르가 말하고 크게 웃었어요. 그 웃음 소리를 듣고 알딘은 화가 났어요.

알딘은 황제를 봤어요. 알딘은 언제나 황제를 믿었어요. 황제는 알딘에게 정말 중요한 사람이었어요. 그렇지만 이제 알딘은 황제가 정말 싫어졌어요. 발리오르는 아이를 이용해서 원하는 것을 얻으려고 하고 있어요. 알딘은 **반드시** 황제를 막을 거예요.

알딘은 미소를 지으면서 말했어요. '잘 알겠습니다, 폐하.'

알딘은 뒤로 돌아서 황제의 사무실에서 나왔어요.

알딘은 지금 상황이 마음에 들지 않았어요. 그렇지만 황제에게 말할 수 없었어요. 만약 황제가 알딘의 생각을 알면 알딘을 죽일 거예요. 알딘을 도와줄 수 있는 사람이 한 사람 있었어요. 알딘은 그 사람과 이야기해야 했어요.

알딘은 정부의 차를 운전해서 키라의 농장에 갔어요. 그리고 문을 두드렸어요. '키라 씨, 있어요?'

키라가 문을 열었어요. '네? 무슨 일이에요?'

'마하가 아직 여기에 있어요?' 알딘이 물었어요.

'네. 황제의 경비병들이 아직 수도로 데려가지 않았어요.'

'좋아요.' 알딘이 대답했어요.

'그렇지만 지금 여기로 오고 있어요.' 키라가 말했어요.

'그러면 **생각보다** 시간이 별로 없군요. **서둘러야** 돼요. 마하를 데려와 주세요.' 알딘이 말했어요.

알딘과 키라는 방으로 들어갔어요. 마하는 조용히 자고 있었어요. '지금 가야 돼요.' 알딘이 말했어요.

'가요? 어디로 가요?' 키라가 말했어요.

알딘이 주변을 둘러봤어요. 아무도 없었어요. '경비병들은 어디에 있어요?'

'캡슐을 보고 있어요.'

'좋아요. 지금이 기회예요.' 알딘이 말했어요.

'기회요?' 키라가 물었어요. 키라는 혼란스러웠어요.

'마하를 데려갈 기회요.' 알딘이 대답했어요.

키라가 앉았어요. 그리고 마하를 봤어요. 마하는 이곳에 온 후 처음으로 **편안해** 보였어요. '마하를 수도 밖으로 데려갈 거예요?'

'아니요, 지구 밖으로 데려갈 거예요.'

'네? 왜요?' 키라가 물었어요.

'마하는 혼란스럽고 외로운 어린 아이예요. 발리오르 황제는 마하를 이용할 거예요. 마하를 이용해서 칼키아 황제를 조종할 거예요.'

알딘이 발리오르 황제의 계획을 키라에게 설명했어요. 키라는 믿을 수 없었어요. '알겠어요? 나는 마하가 다치는 것을 원하지 않아요. 우리가 마하를 칼키아에 데려가지 않으면 마하는 다칠 거예요.'

'우리요?'

'우리요. 우리가 마하를 칼키아에 데려가야 돼요. 저 혼자는 할 수 없어요. 키라 씨의 도움이 필요해요.'

키라는 잠시 생각했어요. 그리고 마하를 봤어요. 그리고 창 밖의 농장을 봤어요. 마침내 키라가 알딘을 보고 말했어요. '전 **잃을** 것이 없어요.'

키라는 마하에게 세 사람이 수도에 간다고 말했어요. 세 사람은 알딘의 차에 탔어요. 알딘은 오랫동안 운전했어요. 가장 가까운 **우주 정거장**도 농장에서 멀리 있었어요. 마하는 차에서 잠을 잤어요.

세 사람이 우주 정거장에 도착했어요. 알딘은 경비병들에게 세 사람이 정부의 일을 하고 있다고 말했어요. 그리고 비밀이라고 말했어요. 경비병들은 아무에게도 말하지 않겠다고 말했어요.

키라와 알딘이 마하를 가까운 우주선으로 **옮겼어요**. 그리고 아무 문제 없이 정거장을 떠났어요. 마하는 우주선이 출발할 때 일어났어요. 칼키아로 돌아가는 것을 알고 마하는 기분이 안 좋았어요. 알딘은 마하에게 미안했어요. 그렇지만 마하는 집에 돌아가야 했어요.

세 사람은 몇 주 동안 우주를 여행했어요. 우주선이 칼키아 근처에 도착했어요. 알딘은 라디오를 통해서 말했어요. '지구 우주선 12913입니다. 칼키아의 황제와 이야기해야 합니다. 저는 지구의 장관 알딘입니다.'

칼키아의 경비병이 대답했어요. '무슨 이야기입니까?'
'황제의 딸이 우리와 같이 있습니다.'
경비병은 대답이 없었어요.

잠시 후 칼키아의 경비병들이 알딘에게 **경고했어요**. 칼키아의 군인들이 오고 있었어요. 칼키아의 군인들은 우주선 근처에서 기다렸어요. 갑자기 라디오에서 소리가 났어요. '마하 공주님을 **돌려주십시오**. 돌려주지 않으면 여러분을 죽일 것입니다.'

'여러분은 우리를 죽일 수 없습니다. 저는 황제와 이야기하고 싶습니다.' 알딘이 말했어요. '지금요.'

다시 대답이 없었어요.

몇 분 후 라디오에서 큰 소리가 났어요. '내가 칼키아의 황제다. 내 딸을 돌려줘.' 그리고 잠시 멈췄어요. '내 딸을 돌려주지 않으면 모두 죽일 거야.'

'마하를 돌려드리겠습니다. 그렇지만 **조건**이 하나 있습니다.' 알딘이 말했어요.

'무슨 조건?' 황제가 말했어요.

'지구와 칼키아는 전쟁을 멈춰야 해요.'

황제가 잠시 조용했어요. '내가 왜 너의 말을 믿어야 돼?'

'우리가 마하를 데려왔으니까요. 전쟁은 지구에게도 칼키아에게도 힘들어요. 칼키아의 경제를 생각해 보세요. 음식이 없어요. 사람들이 다치고 있어요. 지구와 칼키아 모두 끝났어요. 전쟁은 멈춰야 해요.' 알딘이 대답했어요.

다시 조용해졌어요. 잠시 후, 마침내 황제가 대답했어요. 이번에는 **부드러운** 목소리였어요. '나도 그렇게 생각해.' 황제가 한숨을 쉬면서 말했어요. '조건을 받아들일게. 내 딸을 돌려줘. 그러면 우리도 평화를 위해서 **노력할게**.'

제3장 복습

줄거리

알딘은 발리오르 황제와 이야기했어요. 발리오르는 마하를 이용해서 칼키아와의 전쟁에서 이기려고 했어요. 알딘은 발리오르의 계획에 찬성하지 않았어요. 그렇지만 그 말은 하지 않았어요. 알딘는 키라의 농장으로 돌아갔어요. 알딘과 키라는 마하를 우주선으로 데려갔어요. 세 사람은 칼키아로 갔어요. 알딘은 칼키아 황제와 이야기했어요. 알딘은 전쟁을 끝내면 마하를 돌려주겠다고 약속했어요. 칼키아의 황제는 평화를 위해서 노력하겠다고 약속했어요.

어휘

진실 truth
책임 responsibility
명령 order, command
때리다 to hit, to beat, to strike
바닥 floor
바보 idiot, fool (n.)
연기하다 to act
반대하다 to oppose
일이 일어나다 (something) happens
공주 princess
그 결과 as a result
반드시 without fail, at any cost
생각보다 more than one thinks/thought
서두르다 to hurry
편안하다 to be comfortable
잃다 to lose (something)

우주 정거장 space station
옮기다 to move, to carry, to transport
경고하다 to warn
돌려주다 to hand back, to return
조건 condition
부드럽다 to be soft
평화 peace
노력하다 to try, to make an effort

이해도 평가

각 질문에 한 개의 답을 고르세요.

11) 농장을 떠난 후 알딘은 ____(으)로 갔어요.
   a. 식당
   b. 캡슐
   c. 수도
   d. 알딘의 집

12) 알딘은 ____을 알게 됐어요.
   a. 발리오르 황제를 믿을 수 없다는 것
   b. 발리오르 황제가 평화를 원한다는 것
   c. 발리오르 황제가 언제나 진실을 말하는 것
   d. 발리오르 황제가 칼키아 황제와 친구인 것

13) 알딘은 ____로 했어요.
   a. 아이를 칼키아에 돌려주기
   b. 아이와 같이 살기
   c. 아이를 죽이기
   d. 아무것도 하지 않기

14) 마하는 ____.
   a. 집에 돌아가게 돼서 행복했어요
   b. 지구에 있고 싶지 않았어요
   c. 부모님에게 전화하고 싶었어요
   d. 집에 가는 것이 행복하지 않았어요

15) 마하를 돌려줄 때 알딘의 조건은 ____이었어요/였어요.
   a. 돈
   b. 평화
   c. 직업
   d. 칼키아에 살 수 있는 기회

Answer Key

미친 비빔밥: *제1장:* 1. a, 2. b, 3. d, 4. c, 5. b; *제2장:* 6. d, 7. b, 8. c, 9. a, 10. c; *제3장:* 11. c, 12. c, 13. d, 14. d, 15. b; *제4장:* 16. c, 17. d, 18. a, 19. c, 20. a

아주 특이한 여행: *제1장:* 1. b, 2. a, 3. d, 4. d, 5. b; *제2장:* 6. d, 7. d, 8. c, 9. a, 10. b; *제3장:* 11. c, 12. a, 13. a 14. c, 15. b

기사: *제1장:* 1. b, 2. b, 3. d, 4. c, 5. b; *제2장:* 6. a, 7. a, 8. b, 9. c, 10. d; *제3장:* 11. c, 12. b, 13. c, 14. c, 15. a

시계: *제1장:* 1. a, 2. c, 3. d, 4. c, 5. b; *제2장:* 6. a, 7. c, 8. a, 9. b, 10. b; *제3장:* 11. c, 12. b, 13. b, 14. d, 15. b

나무 상자: *제1장:* 1. c , 2. b, 3. a, 4. d, 5. c; *제2장:* 6. a, 7. a, 8. 9. a, 10. d; *제3장:* 11. b, 12. c, 13. d, 14. b, 15. b

새로운 땅: *제1장:* 1. c, 2. a, 3. a, 4. c, 5. d; *제2장:* 6. c, 7. b, 8. d, 9. a, 10. c; *제3장:* 11. c, 12. c, 13. a, 14. c, 15. b

투명 인간 지유: *제1장:* 1. a, 2. b, 3. c, 4. c, 5. c; *제2장:* 6. a, 7. b, 8. c, 9. c, 10. a; *제3장:* 11. d, 12. b, 13. b, 14. a, 15. c

캡슐: *제1장:* 1. c, 2. b, 3. b, 4. d, 5. d; *제2장:* 6. b, 7. a, 8. d, 9. c, 10. b; *제3장:* 11. c, 12. a, 13. a, 14. d, 15. b

Korean–English Glossary

ㄱ

가구 furniture

가끔씩 sometimes, every now and then

가난하다 to be poor

가리키다 to point (at something/someone), to indicate

가져가다 to take away (to)

각각(의) each

각자 each, individually

갈라지다 to split

강요하다 to force

강제로 forcefully

갖다 to have (a contraction of 가지다)

거대하다 to be huge

거의 almost

걱정스럽게 with a look of worry; worriedly

건강 health

겁을 먹다 to be frightened, to get scared

겉옷 jacket, coat

격려하다 to encourage

결국(에) at the end, eventually

결론을 내리다 to conclude, to reach a conclusion

결정 decision

경고하다 to warn

경관(님) police officer (a term of address)

경력 career

경비병 soldier on patrol, guards

경비원 property security/caretaker (of a building), concierge

경영 팀 management team

경쟁 회사 rival firm

경제 economy

경찰 the police

경치 scenery, view

경험 experience

계단 stairs

계속(해서) continuously

계획 plan

고개를 끄덕이다 to nod

고개를 숙이다 to lower one's head, to look down

고개를 젓다 to shake one's head

고속 도로 motorway

고속버스 express bus

고집이 세다 to be stubborn

고치다 to mend, to fix

공격당하다 to be attacked

공격하다 to attack

공기 air

공상 과학 소설 science-fiction novel

공손하다 to be polite
공식적인 official (adj.)
공정하다 to be fair
공주 princess
과거 past (n.)
과정 process
관리인 caretaker (of a building)
관리하다 to manage
관심이 많다 to have a lot of interest
광장 square, plaza
삼청동 Samcheong-dong (a neighbourhood in Seoul)
괴물 monster, strange creature
굉장하다 to be great, to be amazing
교류 exchange
교환 학생 exchange student
구석 corner
구조 structure
구하다 to search for, to find; to save
국내 (within) the country, domestic
국왕 king (of a country)
국제적으로 internationally
군대 armed forces
굴러가다 (something) rolls (away)
굽다 to grill; to bake
규율 discipline
규칙 rules, regulations
그 결과 as a result

그렇게 like that, in such manner
그루 counter for trees
그만두다 to quit
근육 muscle
글씨 handwriting; letter
금 gold
금속 metal
기계 machine
기도하다 to pray
기본적으로 basically
기분 one's feeling, mood
기사 knight
기술 skill, technique
기억나다 to remember, to recall
기억에 남다 to be memorable; something remains in one's memory
기회 opportunity, chance
긴장되다 to feel nervous
긴장하다 to be tense, to be nervous, to be edgy
길을 잃다 to get lost
깜빡하다 to forget to do something, to forget (something)
깜짝 놀라다 to be surprised, to be startled
깨닫다 to realise
꺼내다 to take out
꼭 definitely, for sure
꼼꼼히 meticulously, in detail
꽉 tight(ly), fully
끔찍하다 to be terrible, to be horrible

ㄴ

나누다 to divide
나뉘다 to be divided
나무 덤불 bush, thicket
나뭇가지 twig, (tree) branch
날다 to fly
날씬하다 to be slim
날아가다 to fly away
남매 brother(s) and sister(s)
남서부 southwest
낫다 to be better, to get better
낭비하다 to waste
내려놓다 to put down
(혼자) 내버려 둬요! Leave me alone!
넘다 to go beyond, to go over to cross over
넘어지다 to fall down
노력하다 to try, to make an effort
노를 젓다 to row (a boat) with an oar
놀라다 to be surprised, to be startled
농부 farmer
농사를 짓다 to farm
놓다 to let go (of), to release; to put, to place
누군가 somebody
느끼다 to feel
느낌 feeling; hunch, inkling

ㄷ

다가가다 to approach
다리를 건너다 to cross a bridge
다치다 to get hurt
다행이다 to be fortunate

단순하다 to be simple
단호하다 to be firm, to be determined, to be stern
닮다 to look like, to take after
대단하다 to be great, to be amazing
대부분 mostly, largely, a majority
대신에 instead of
대장 captain
대저택 mansion, great hall
대포 cannon
대포알 cannon ball
대표하다 to represent
더이상 (not) anymore
던지다 to throw
덮다 to close (books); to cover
데려가다 to bring/take (someone)
데려다 주다 to take someone somewhere, to walk/drive (someone) to (location)
도구 tool
도대체 (how/what/why) on earth
도망치다 to run away
도움을 요청하다 to call for help
도움이 되다 to be of help
도장 stamp, seal
도전을 하다 to challenge, to take on challenges
독립적이다 to be independent
돈을 내다 to pay
(돈을) 벌다 to earn (money)
돈을 찾다 to withdraw money
돌다리 stone bridge
돌려주다 to hand back, to return

돌보다 to take care of, to look after

돌아가시다 (honorific) to pass away

돌아다니다 to roam around, to wander around

동료 colleague

동시에 at once, at the same time

동의하다 to agree, to give consent to

동쪽 east

둥근 모양 round shape

뒷문 back door

들어올리다 to lift up, to pick up

들판 grass field

따라가다 to follow

따라오다 to follow, to come with

땅 land

때리다 to hit, to beat, to strike

떨다 to shiver, to shake, to tremble

떨어뜨리다 to drop (something/ someone)

떨어지다 to fall

똑같다 to be the same

ㅁ

마르다 to dry (up); (past tense) to be dry

마법 magic, witchcraft

마을 (small) town, village, neighbourhood cf. 동네

마음 mind

마음에 들다 to like, to be fond of

마차 wagon, carriage

막다 to stop, to obstruct, to block

만지다 to touch

말도 안 돼! No way!

말이 안 돼! It doesn't make sense! This can't be true!

망가지다 to break down, to be out of order, to be damaged

먼지 dust

먼지를 털다 to dust off, to shake off dust

멋지다 to be wonderful, to be fabulous, to be cool

메시지를 남기다 to leave a message

면접 (job) interview

명령 order, command

명암 저수지 Myong Am reservoir

몇 some, several, a few; how many/much, how old, what (time)

모래 sand

목소리가 굵다 to have a deep voice

몸무게 body weight

몸집이 좋다 to be of a strong build

몸짓 gesture

못생기다 to be ugly, to be unattractive

묘약 magic potion, elixir

무기 weapon

무사하다 to be unharmed, to be safe

무시하다 to ignore

무언가 something

무엇이든 anything, whatever, everything

묵다 to stay (at an accommodation)

문제가 생기다 a problem arises

미래 future

미소를 짓다 to smile

미치다 to be crazy, to be insane

믿음 belief

밀다 to push

ㅂ

바뀌다 (something/someone) changes

바닥 floor

바보 idiot, fool (n.)

반대하다 to oppose

반드시 without fail, at any cost

반지를 끼다 to be wearing a ring; to put on a ring

받아들이다 to accept

발로 차다 to kick

발자국 footprint

발표하다 to announce, to reveal

밤새 all night long, overnight

방법 method

밭 field

배낭 backpack

배달하다 to deliver

배신하다 to betray

백성 subjects, the people

버스 기사 bus driver

(돈을) 벌다 to earn (money)

법 law

변하다 (something/someone) changes, alters

별 일 아니에요. It's nothing special. It's nothing.

별장 holiday house

병사 solider

병에 걸리다 to fall sick, to catch a disease

보고하다 to report

보모 carer, nanny

보안 security

보안 요원 security guard

보여주다 to show

보육원 orphanage

부끄러움 shyness, bashfulness

부드럽다 to be soft

부딪히다 to bump into/against (someone/something)

부르다 to call, to address

부사령관 deputy commander in chief

부수다 to break

부족하다 to not be enough, to lack

북서울 꿈의 숲 Dream Forest (a park in Seoul)

북아메리카 North America

북유럽 Northern Europe

북쪽 north

분명히 definitely, surely

분수 fountain

불을 피우다 to make/start a fire

불확실하다 to be uncertain

비교하다 to compare

비밀 secret

빛 light

빨갛다 to be red

뺨 cheek

뽀뽀를 하다 to kiss; to peck

ㅅ

사고 accident
사냥꾼 hunter
사냥을 하다 to hunt, to go hunting
사실 In fact, actually; fact
사업 business
사장 company president; MD
살리다 to save (someone), to let live, to spare one's life cf. 살다
삶 life
삼촌 uncle
상관하지 않다 to not care, to not mind
상상하다 to imagine
상인 trader, merchant
상태 condition, state
상황 situation
새롭다 new
생각보다 more than one thinks/thought
생각이 나다=생각나다 to remember, (a memory) comes to mind, to be reminded of; (an idea) occurs to (someone)
생각이 떠오르다 (an idea) crosses one's mind, comes to mind
서두르다 to hurry
서로 each other
서류 document, paperwork
서쪽 west
섞다 to mix
선거 election
선생님 sir, ma'am; teacher
선택 choice

설명하다 to explain
성 castle
성공적이다 to be successful
성인 adult
세금 tax
세기 century
세다 to be strong
소리가 나다 (there is a) sound/noise
소리를 내다 to make noise
소리를 지르다 to yell, to shout
소리치다 to shout, to yell, to call out
소박하다 to be simple, humble and modest
속삭이다 to whisper
손을 내밀다 to hold out one's hand
손을 흔들다 to wave one's hand
손전등 electric torch
수도 capital (of a country)
수리하다 to mend, to fix, to repair
숨기다 to hide (something/someone) cf. 숨다
숨다 to hide (oneself)
시계 기술자 watchmaker
시골 countryside, rural area
시대 era, a period in time, days
식물 plant
식민지 colony
신 god
신경쓰다 to be bothered about, to pay attention
신나다 to be excited; to be exciting

신용 카드 credit card
신호 signal
심술궂다 to be mean and playful
실력 ability, skill, competence
실망하다 to be disappointed
실종되다 to go missing, to disappear
실패하다 to fail
심각하다 to be serious, to be grave, to be severe
심술궂다 to be mean and playful
싸우다 to fight
싸움 fight, brawl
쌀 rice
쌓이다 to be piled up, to be stacked up cf. 쌓다
쏘다 to shoot

ㅇ
아내 wife
아마도 perhaps, maybe, possibly
아무도 (not) anybody
아무하고도 (not) with anybody
아무한테도 (not) to anybody
안다 to give someone a hug, to cuddle
안방 master bedroom
안심하다 to feel relieved
안전하다 to be safe
알려주다 to let someone know, to teach, to inform
야근 overtime work (usually in the evening/night)
어떡해요? What should I do? What should we do?

어색하다 to be awkward, to feel awkward
어쩌겠어요? What can I do? What can we do?
어쩌면 maybe, perhaps
언덕 hill
언제든지 whenever
얻다 to obtain, to acquire, to get
얼른 quickly, promptly
얼마 후 after a while
엄격하다 to be strict
에너지 자원 energy resources
여러 가지 various, many kinds
역할 role
연구 research
연기 acting
연기하다 to act
연락하다 to contact, to get in touch
영업부 sales department
영원히 forever
영향 influence, effect, impact
예를 들어 for example
예술 작품 art work
오두막집 hut, hovel
오솔길 footpath, trail
옮기다 to move, to carry, to transport
완벽하다 to be perfect
완성되다 to be completed
왕국 kingdom
외롭다 to be lonely
외치다 to cry out, to shout
요구하다 to request, to demand
용서하다 to forgive
우연이다 to be coincidental, to be accidental

우주 정거장 space station
우주선 spaceship
운명 destiny, fate
운이 좋다 to be lucky
운전석 driver's seat
원래 originally, in the first place; one's original status or condition
원정대 expedition team
원정을 떠나다 = 원정을 가다 to go on an expedition
월급 monthly salary
유감입니다 I'm sorry to hear that…, I'm sorry for what happened…, It is regrettable that…
유일하다 to be the sole, to be unique, one and only
의미 meaning, significance
의상 costume
의식이 없다 to be unconscious
의심스럽다 to be suspicious, to be doubtful
의심하다 to doubt, to get suspicious/doubtful (about something/someone)
의지하다 to rely on
이끌다 to lead (from the front)
이동하다 (something/someone) moves
이상하다 to be strange, to be weird, to be absurd
이어지다 to be connected to
이제 어떡해? Now what? What is supposed to be done now?
이틀 two days
인구 population

인상 increase; (pay) rise
일이 일어나다 (something) happens
일이 잘 안되다 (things) do not work out
잃다 to lose (something)
임무 mission
입구 entrance (to a building)
입양 기관 adoption agency
입양되다 to be adopted

ㅈ

자르다 to cut
자물쇠 padlock, lock
자세히 (look/listen) carefully, in detail
자신 oneself, one's own
자원봉사자 volunteers
작가 writer, author
작동하다 (something such as a device or machine) operates, works
작별 인사를 하다 to say goodbye, to bid farewell
작업장 workshop
잔돈 (money) change
잘생기다 to be good-looking, to be handsome
잠들다 to fall asleep
잡다 to hold, to grasp
잡아가다 to take (someone), to snatch someone away
장관 (government) minister
장난을 치다 to play pranks
재료 ingredient
저리 가! Go away!
저축하다 to save up (money)

전기 electricity
전기 기술자 electrician
전기 회사 electric company
전사 warrior
전설 legend
전쟁 war
전통적이다 to be traditional
전투 battle, combat
전하 your highness (usually for the king)
전화가 울리다 a phone rings
절대 absolutely (not), (not) ever
절약하다 to save (money/resources)
젊다 to be young, to be youthful
점점 gradually, more and more
- 정도 (used after nouns) approximately, around, about
정보 information
정부 government
정원 garden
정치인 politician
정하다 to decide, to determine
정확히 exactly, precisely
제조 팀 production team, manufacturing team
조건 condition
조심스럽다 to be careful, to be cautious
조언을 하다 to give advice
조종하다 to control, to operate
존경하다 to look up to, to respect
존중하다 to respect
졸리다 to feel sleepy, to be drowsy
종종 sometimes; often
주머니 pocket

주변을 둘러보다 to look around
주소 address
주식 (company) shares, stocks
주차장 garage; car park
주차하다 to park
죽다 to die cf. 죽이다
죽이다 to kill, to murder cf. 죽다
줍다 to pick up; to find (something on the street/floor)
중간 medium (size); middle, centre
즐기다 to enjoy
증거 evidence, proof
증명하다 to prove
지구 the Earth
지나가다 to pass by
지다 to lose, to be defeated
지도자 leader
지역 신문 local newspaper
지원하다 to apply (for a position)
지키다 to protect
직원 employee, member of staff
직접 on one's own, first-hand, directly
직책 position
진실 truth
진심이야? Are you kidding? Are you serious?
진지하다 to be serious, to mean business
짐을 챙기다 to pack up
집중하다 to concentrate, to focus
짜증이 나다 to feel annoyed, to fret

찍다 to shoot (photography/video), to film

ㅊ
찬성하다 to agree, to consent, to approve
채 counter for building/house
책임 responsibility
척 counter for ship/boat/yacht, etc.
천 조각 a scrap of cloth
첩자 spy
초 candle
초인종 doorbell, call button
최고 the best
최대한 as much as possible, maximum
축하하다 to congratulate, to celebrate
출발지 point of departure
출판하다 to publish
충분하다 to be enough, to be sufficient
충전기 (battery) charger
충전하다 to recharge
치료하다 to cure, to treat
친절하다 to be kind
친척 relatives
침묵 silence
침착하다 to be calm, to be poised, to be composed

ㅋ
카리브해 the Caribbean Sea
커다랗다 to be large, to be big
켜지다 (something such as a device) turns on

ㅌ
탈진 exhaustion
탐험가 explorer
탐험하다 to explore
태어나서 처음으로 for the first time in life
태풍이 불다 there is a storm, a typhoon blows
택시 기사 taxi driver
턱수염 beard
털 hair
투명 인간 invisible person
투자하다 to invest (in)
투표 vote, ballot
특이하다 to be unique, to be peculiar
특정한 specific
튼튼하다 to be strong, to be sturdy
팀장 team leader; manager

ㅍ
판매 관리 부서 sales management team
편안하다 to be comfortable
평범하다 to be ordinary
평소처럼 as usual
평화 peace
평화롭다 to be peaceful
평화를 지키다 to preserve peace
폐하 your highness (usually for the emperor)
포기하다 to give up
풀 grass
풍경 scenery
피부 skin
피하다 to avoid

ㅎ

학기 semester, school term
한숨을 쉬다 to sigh
해가 뜨다 the sun rises
해가 지다 the sun sets
해결 방법 solution, method to solve (a problem)
해결하다 to resolve, to sort out, to settle
해변 beach
해적 pirate
해치다 to harm, to damage
햇빛 sunshine
행동하다 to act
행성 planet
행운 luck, good fortune
행정 직원 administrative staff
향해서 toward(s)
현대 미술관 museum of contemporary art
현대적이다 to be modern
현실 reality
호수 lake
혼란스럽다 to be confused; to be confusing
(혼자) 내버려 둬요! Leave me alone!

화면 (display) screen
화해하다 to reconcile, to make up with (someone)
확신하다 to be convinced, to be sure
확실히 certainly, surely
환경 environment
환영을 받다 to be welcome
황당하다 to be absurd; (something) feels ridiculous
황제 emperor
회사를 운영하다 to manage a company, to run a business
훈련 training, drill, exercises
훔치다 to steal
흔들리다 (something) shakes; to be shaken cf. 흔들다
흔적 trace
흥미롭다 to be interesting
힘 strength, energy, force
힘들다 to be tired, to be exhausted; to be tiring, to be exhausting
힘을 합치다 to cooperate, to work together, to pull resources together
힘이 세다 to be strong

Acknowledgements

If my strength is in the ideas, my weakness is in the execution. I owe a huge debt of gratitude to the many people who have helped me take these books past the finish line.

Firstly, I'm grateful to Aitor, Matt, Connie, Angela and Maria for their contributions to the books in their original incarnation. To Richard and Alex for their support in expanding the series into new languages.

Secondly, to the thousands of supporters of my website and podcast, *I Will Teach You a Language*, who have not only purchased books but who have also provided helpful feedback and inspired me to continue.

More recently, to Sarah, the Publishing Director for the *Teach Yourself* series, for her vision for this collaboration and unwavering positivity in bringing the project to fruition.

To Rebecca, almost certainly the best editor in the world, for bringing a staggering level of expertise and good humour to the project, and to Nicola, for her work in coordinating publication behind the scenes.

My thanks to James, Dave and Sarah for helping *I Will Teach You a Language* to continue to grow, even when my attention has been elsewhere.

To my parents, for an education that equipped me for such an endeavour.

Lastly, to JJ and EJ. This is for you.

Olly

Olly Richards

Using *Teach Yourself Foreign Language Graded Readers* in the Classroom

The *Teach Yourself Foreign Language Graded Readers* are great for self-study, but they can also be used in the classroom or with a tutor. If you're interested in using these stories with your students, please contact us at learningsolutions@teachyourself.com for discounted education sales and ideas for teaching with the stories.

Bonus Story

As a special thank you for investing in this copy, we would like to offer you a bonus story – completely free!

Go to readers.teachyourself.com/redeem and enter **bonus4u** to claim your free Bonus Story. You can then download the story to the accompanying app.

용 퍼그

용이 화살을 보고 아래를 내려다봤어요.
그리고 마을 광장에 내려와서 앉았어요.
'조오오오쉬이이이?' 용이 말했어요